高跟鞋走地球

给我一条美美的路

This Is Not A Travel Guide

XL girls 作品

中信出版集团 · CHINACITICPRESS · 北京

图书在版编目(CIP)数据

给我一条美美的路 / XL girls著. —北京：中信出版社，2015.9
ISBN 978-7-5086-5102-6

Ⅰ. ①给 Ⅱ. ①X Ⅲ. ①游记－作品集－中国－当代 Ⅳ. ①I267.4

中国版本图书馆CIP数据核字(2015)第067088号

给我一条美美的路

著　　者：XL girls
策划推广：中信出版社（China CITIC Press）
出版发行：中信出版集团股份有限公司
（北京市朝阳区惠新东街甲4号富盛大厦2座　邮编　100029）
（CITIC Publishing Group）
承 印 者：北京盛通印刷股份有限公司

开　　本：880mm×1230mm　1/32　　印　　张：10　　字　　数：307千字
版　　次：2015年9月第1版　　印　　次：2015年9月第1次印刷
广告经营许可证：京朝工商广字第8087号
书　　号：ISBN 978-7-5086-5102-6/I · 613
定　　价：39.80元

服务热线：010－84849555　　传　　真：010－84849000
投稿邮箱：author@citicpub.com

“我辞职了”

这并不是一个悲伤的开头！我决定辞去一份在外人看来还不错的工作，想要在三十岁之前，给人生一个间隔年，去做自己喜欢的事情，去喜欢的地方，去见喜欢的人。有些事，现在不做，我知道我不会再有勇气去做了；就好像有些感情，现在不去勇敢，以后也许只会留有遗憾。

在做了这个决定的那刻，我一个人来到武康庭，上海这座繁华城市中的一隅安静之地。阳光透过树叶的间隙，一点一点地撒在地上成为光斑。在清晨的面包房前坐下，想着第一个消息该发给谁。

Miki:“我辞职了姐妹们！我想给自己一个间隔年去做自己喜欢的事！”

Bobo:“什么?!你想清楚了没有啊？已经和主编提了？”Bobo 比我想象中还紧张。

Miki:“提了。我想去一个自己喜欢的地方挥霍些时间，然后用自己的眼睛和文字记录些内心。”

Bobo:“你想去哪儿？你可以请个年假啊，不用那么冲动。”

Miki:“巴黎吧！那儿有我想见的人。”

Hiro:“啊——想见的人！你恋爱啦？什么时候？还是远距离？好羡慕哦！”

Bobo:“Hiro，这不是重点好吗?!Miki 你这个冲动派，是要一个人开始旅行吗？”

Miki:“嗯嗯，之前都是因为工作飞来飞去，没有机会好好享受一下假期和旅行，这次还挺想放个长假的。我果然很任性啊，哈哈。”

Ikwa:“你们打字可以慢一点吗？我刚刚谷歌翻译好。Miki，既然决定了就去做你想做的吧！有什么需要我们帮忙的，随时告诉我们。”和我生日只差两天的处女座女孩总是很懂我。

Hiro:“对对，我们支持你。巴黎，好美的，我也想去呢。要不我申请一下假期？”

Bobo:“她不是说有想见的人吗？Hiro 你就不要去做电灯泡了！那边有人照顾你吗？”

Ikwa:“你现在在哪里？我们出来说吧！看你们打字太累了！”

Miki:“好呀，我现在在武康庭门口的 Farine，等你们过来一起在 Coffee Tree（咖啡树）吃 brunch（早午餐）吧，我也想见你们。”

Bobo:“好的，一会儿见。”

Hiro:“那我化个妆出来哦！”

Ikwa:“你不要又迟到，Hiro！”

……

Miki

旅行规划 & 文字 Miki
完美主义偏执狂，从时装编辑转型生活方式媒体人
《Robb Report》中文版资深生活编辑
韩国《The Celebrity》杂志专栏作家
曾任职《LEON》《inStyle》杂志时装专题编辑

"给我一双高跟鞋，我可以征服整个世界！"

如果，巴黎不浪漫

个性杂货满载玛黑区

艺文左岸的灵魂之所 ——
圣日耳曼区

摄影 Ikwa
出生在澳洲的国际时尚摄影师，独树一帜前卫浓烈的影像风格
Michael Kors 全球形象广告掌镜人、视觉艺术家

“You can't act like a flip flop and expect to be treated like Roger Vivier.（穿拖鞋的人无法体会高跟鞋的骄傲。）”

Ikwa

在首尔，邂逅幸福感

江南区，体验一日富人

古宫一带，约会风景

市厅一带，不做观光客

上海，梦想起飞

视觉设计 Bobo
寄住在女性躯体内的男人性格拥有者
《ELLEMEN 睿士》平面 & 新媒体设计师

Bobo

PARIS 如果，巴黎不浪漫

如果来到巴黎，无法遇见那份感动；如果一个人去看铁塔亮灯，一个人在爱墙留影，一个人在塞纳河畔散步，一个人走过那一座座桥 …… 那么这样的巴黎，会在记忆中留下些什么？

因为一份期待和约定而来到这座城市，可是幻想的泡沫总因为无法承受现实的挤压而轻易破灭。有些感情，不得不各安天涯。

压抑住内心的波动，收拾好心情，趁着巴黎的春日阳光和煦，我开始在这座城市搜索和创造属于我的记忆。搭乘地铁走访各个精彩纷呈的小店，从玛黑的精品店、杂货铺到左岸的书店、咖啡屋，独自深入这一魅力城市的肌理，寻获有趣的、文艺的、个性的、可爱的、美味的巴黎，当然，这些无关浪漫。

如若不是为了一个人，谁肯枯守一座城。

城市和爱情，总是有着这样那样的关系。

我们会因为一个人，去往一座城，因为那是一座爱的城；

我们也会因为一个人，离开一座城，因为那是一座绝望的伤城。

而这一次，我学会了在伤城中等待花开。

个性杂货满载玛黑区

以 Saint-paul 站为中心的地区通称为玛黑区（La Marais），从塞纳河右岸巴黎市政厅后面的里沃利街到巴士底狱一带，是巴黎最古老的区域之一。Marais 在法语里是“沼泽、湿地”的意思，以前每到梅雨时节，塞纳河的河水就会上涨，涌上来的河水会把这片地区变成一片湿地。现在这里聚集着众多犹太人、同性恋、年轻设计师和艺术家们，正是这些人使这个地区充满了个性十足的魅力。

这里有美丽的个人宅邸、木结构外观的旧建筑、毕加索美术馆、蓬皮杜艺术中心、欧洲摄影博物馆、新锐设计师服装店、石子小路……在留有 17 世纪旧影的街道上，开着高品质的杂货铺和氛围超好的街边咖啡馆。我边散步边欣赏充满着巴黎色彩的家居杂货铺，不知不觉两手已经满了。

LE MARAIS

用 Airbnb 订的个性公寓

借宿在音乐人家里的日子

计划飞往巴黎时，脑中浮现的第一个理想住宿地便是玛黑区！对于女生来说，一个被个性小店和美食专门店包围的区域，无疑是最便利的住宿区，何况这里还是巴黎有名的gay（同性恋）区，意味着女性在夜晚单独出行也要比其他区域安全。这次计划在巴黎待上一个多月，于是用时下流行的订房软件 Airbnb 搜索了玛黑区附近的公寓，找到一家从装修风格到大小都很适合的住所。

没有电梯的六层公寓

抵达巴黎的时候，这座城市终于停止了连绵的阴雨，阳光透过云层显得有些微弱。打车到玛黑的公寓，如约在楼下餐厅取好钥匙，拖着行李推开公寓小小的门，瞬间傻眼：没有电梯！而我的房间竟然在六层！（要知道巴黎的六层等于国内的七层。）看着这古老的木质的旋转楼梯，还有我那两个 29 寸长的大箱子，一下子沮丧起来：原来一个人旅行的困难还来自于意外的重量。我拨通了他的电话报了平安并求助，不过得到的却是三个字：我在忙。像被灌了铅的三个字，却给了我极大的动力，没有人能依靠，那就相信自己的力量吧！这一刻好像就已经暗示了我这次巴黎之行终会是一场自我修行。

忘了经过多久，当我气喘吁吁地把两个大箱子依次搬到六层时，四肢已经瘫软无力，靠着最后一点儿力气转动钥匙，推开门，充满着主人个性和人情味的 loft（阁楼）展现在眼前。我忽然有种被释放的温馨感，庆幸自己没有选择住酒店，不然面对冰冷的、千篇一律的标房会感觉更加孤单和无助吧。

把行李和衣物安置好，我从这间屋里的一个个角落出发开始猎奇。依旧可用的老式唱片机，许久不用的壁炉，还在运作的投币点唱机，被遗忘在墙角的电子琴和开放式厨房内一应俱全的茶杯、调味料，书架上多本和音乐相关的图书，结合之前通过 Facebook（脸书）主页了解到的主人信息，这里应该是个属于音乐人的温馨小家。

相逢即是别离的狗血剧情

我永远也忘不了抵达巴黎后第二天清晨的空气，那种空气里，夹杂着希望与失望。希望来源于对这座城市的期待，而失望则源于一直憧憬的事物突然变成幻境的那份怅然。

Miki：“我失恋了！”

Bobo：“啊！不是刚到巴黎吗？怎么这么快就吵架了？”

Miki：“不是吵架，是被劈腿！被我发现，刚刚摊牌了，现在受伤中。”这一刻的自己好像一个摇尾乞怜的小狗，需要很多人的安慰和关心。

Ikwa：“真被我说中了！果然男人都是满嘴谎言的生物。早让你不要那么冲动，不要相信什么命运邂逅之类的鬼话了。”

Hiro：“那你现在一个人在巴黎吗？啊呀，你那里有没有朋友？你又不会法语，怎么办啊？”

Bobo：“很难过的话，就换明天的机票回来吧。只有你会那么相信爱情和男人，唉。让你不要期待太多、想太好吧。”

Ikwa：“别！不过是被劈腿而已，又不是世界末日，要活得比和他在一起更开心才行。我说过有一周的假期可以过去陪你，不要回来。”

Miki：“好吧，我再也不相信爱情了，哼！”

Ikwa：“才怪，等你遇到下一个，又要说是真爱了。你是永远不会对爱情死心的体质。”

Hiro：“这倒是。啊呀，巴黎那么浪漫，干吗一难过就要回来，说不定出门就遇到帅哥，有段罗曼史呢。实在没有也可以逛街，我最近又看中了一双 Roger Vivier 的新鞋，正好替我看看巴黎有没有货！”

Bobo：“那也要她肯出门才行。快，化个妆，穿得美美的，找家店吃个 brunch，不要在家怨天怨地的。你哪次失恋不是哭得稀里哗啦，然后又爱得死去活来的。”

Miki：“遵命。和你们聊聊好像是觉得没那么严重了。我也要买双新鞋，扔掉旧的情绪，开始新的旅程。Ikwa，你赶快过来陪我吧，我订了很多美食餐厅，不想一个人去吃呢。”

Ikwa：“哇，竟然用美食吸引我。我马上查航班，美食永远比男人可口太多！”

放下手机，看着镜中自己的那张脸，深刻体会到渡边淳一在《飞往巴黎的末班机》中描述的靖子在巴黎与恋人分手后的感受，既没有人笑话她，也没人来帮助她。这一刻，我孤身一人在这寒冷的欧洲，对着镜子擦干了眼泪，收拾好幽怨和悲伤，按照姐妹说的，用淡妆遮了下浮肿的眼睛，披上皮衣假装坚强地走出公寓房门。所幸公寓就在玛黑的闹市区，一下楼便可看见熙熙攘攘的人群和坐在街边喝着咖啡、啤酒的当地人。不会寂寞的玛黑街区，适合顶着太阳无计划地到处乱窜。

生命中总有人来了又去，有些遇见是为了相守，有些遇见只是为了转身，而有些遇见或许是为了带你到你想去的地方，比如这次的巴黎。

与某些人的缘分，就像在夜色中开的花，不能见阳光。黎明之前就默默凋谢，且将永不再开花，那是属于月光与阴影的情缘。走出了那个夜晚，还是要继续赶路。生命就是这样充满幻觉，始终有希望，也始终无望。还不想离开这座城市，这里街边开满新鲜的未知的花店，仿佛随时都可以觅得另一捧花蕾，静待花开。

地址：33 Rue Saint-André des Arts, 75006
电话：33-143542092

XL girls 的时髦休日守则 NO.0 1

甜品是悲伤的止痛剂

糖果里的单糖和蛋糕里的多糖都能促使大脑分泌一种化学物质，这种化学物质能帮助人们平衡自身状态，使人更易入睡，并能减轻人们对痛楚的敏感。所以在悲伤的时候，我总是习惯摄入大量糖分：不开心或压力大的时候，就去环境宜人的甜品店里点上一大块巧克力蛋糕或几个冰激凌球，在大快朵颐之后，之前的情绪也会神奇地得到缓解和治愈。

“一起去吃甜品吧！”成了闺密间寻求彼此安慰时的暗号，也如同“加油”、“请振作起来”这些话语一样鼓励着彼此。

L'ÉCLAIR
DE GÉNIE
L'ÉC

L'éclair de Genie

十二种口味的泡芙精灵

以甜品出名的法国和汇集着全球最精美甜品店的巴黎，仿佛是为嗜甜如命者量身打造的，当然我也是其中之一。Angelina 的栗子塔、PH 的马卡龙、Larduree 的玫瑰塔……不过在一个又一个诱人的法式甜品中，我最爱的还是巴黎人的家常甜品——手指泡芙。去年来玛黑时品尝了这家由甜品大师 Christophe Adam 开创的新式手指泡芙店，第一次把泡芙送入口中的时候就有种小鹿乱撞的心动感，于是这次就把家安置在店附近，想着每天出门都可以买上一两种口味，早早地把这家店十二种口味的泡芙都尝遍。为了心爱的甜品而安家于此，甜品控的专业态度可见一斑。

2012 年底开张的 L'éclair de Genie 是巴黎甜品界的一支后起之秀，亦是甜品界的流行风向标。店里只卖两样招牌甜品，闪电泡芙与巧克力，柜台里有多种口味的泡芙和漂亮的装饰，还有一角专门放着巧克力。

店主人 Christophe Adam 的职业生涯几乎都与奢侈酒店大品牌紧密联系在一起，比如巴黎著名的四大酒店之一 Hotel de Crillon、瑞士洛桑全球最豪华的酒店之一 Beau Rivage Palace 等，直到 1996 年他回到巴黎进入 Fauchon 担任甜品创意总监。他在 Fauchon 有着 10 年丰富的甜品制作经验，在那里，他创作了著名的“蒙娜丽莎闪电泡芙”。如今，这位甜品大师已经在巴黎拥有了两间自己品牌的店铺。

L'éclair de Genie 甜品系列的特别之处在于，除了美味细腻的口感，同时也具有非常精美和独特的外形，一件件完工的甜品就像是艺术品一般让人不忍动口。尽管开业时间不长，但它已跻身于当前最热销最受欢迎的甜品品牌行列。他家的所有产品均为现场制作，使用法国当地原料，力求高品质，黑核桃香草泡芙则是其泡芙系列的明星产品。L'éclair de Genie 所有的甜品系列的标准均是低糖，所以非常适合喜欢吃甜品而又担心会胖或是甜得受不了的人！店内全新改良的奶油泡芙系列和松露巧克力系列，品种多达 12 种，并且会时时推出季节限量版，可谓是甜品中的轻奢侈品。

我个人最喜欢的应该算是巧克力乳酪饼干，内馅是香草奶油，表面被一层立体奶油和巧克力饼干屑覆盖，饱满的外形和内里一样十分诱人，值得一尝。

地址：14 rue pave，75004 paris

电话：33-142778511

营业时间：周一至周五 11:00 ~ 19:30；周六及周日 10:00 ~ 17:00

CROQUEZ
ADAM
PLEINES !
LES NEWS DE L'ÉCLAIR DE GÉNIE

Chez Helene

背桶糖果上路就不会悲伤

越是不开心的时候越要嗜食，甜食中似乎有一种令人开心的分泌物可以治愈情绪。

决定前往许多人推荐的 Breizh Café，试试传说中巴黎最美味的可丽饼。从公寓到 Breizh Café 的一路上，我穿过玛黑的街道，遇见了许多充满个性的小店。这家配色古典却有着时髦可爱 logo（标志）的糖果店格外吸引我，啊，好想买盒糖果带着。

巨型波板糖、玫瑰花糖、星空眼球棒棒糖，还有极具设计感的整面糖果墙，走进这里就有种被治愈的感觉。这里售卖的糖果大部分来自欧洲，店主从法国、意大利、西班牙等地搜集来各种奇特的口味，巧克力罂粟、草莓罗勒、香蕉焦糖、甜辣辣椒……标签上的注释已经让我不禁吞了吞口水。这些糖果被整齐地陈列在墙壁上的糖果罐内，旁边是三个大小不同的塑料罐子，分别是 6、9、12 欧的售价，可以自己选择适合的大小，用喜欢的口味来填满这些糖罐。店内还出售果酱、蜂蜜、饼干、巧克力等一切与糖相关的产品，当然都被包装得异常甜美，让人忍不住一个个把玩研究起来。而店主，一位有着俊朗外貌的法国帅哥也非常配合地向我一一介绍着这些产品的产地和口味，并推荐他最喜欢的一些糖果。

就在我站在整面糖果墙前挑选并灌装着这些口味新奇的小甜蜜时，一群小孩结伴而至。他们亲切地和店主打了招呼，然后跑到墙边拿起一个 6 欧元的小糖罐，凑到我身边熟练地挑选起糖果。从迷你牙刷到汉堡形状的果汁软糖，他们激烈地讨论着，各自分享自己的最爱口味，再放入罐中。从他们脸上洋溢着的笑容看来，这一刻会是他们今天最幸福的时刻。结束了一天的学业，和小伙伴们在街边的糖果店内找到让自己快乐的因子。

正是童年时养成的习惯，不开心的时候就会拼命吃甜的东西，冰激凌、饼干、糖果，在最短的时间内让糖分遍布全身，抑制住那些正要扩散的感伤细胞。不知道是糖果的神奇作用还是被孩子的天真笑颜感染，当我提着各种口味的糖果走出 Chez Helene 时，心情竟然真的开始释然了。

有一瞬间觉得离开那个人就要过不下去了，可是却还是过来了，或者说沉淀了，原来爱情没有想象中那么重要。不再成天把爱情或者失恋挂在嘴上，便不觉得寂寞那么可怕了，没错，原来计划的两个人的路，现在是一个人在走，可是谁说这样的选择不是强大又潇洒的呢？背着桶糖果，我已经走在巴黎的路上找寻自己的快乐了。

我只能说，自己同时感受到欢乐和悲伤，但更多的是悲伤，因为我觉得自己还活着，是的，或者，正是从这一刻起，我开始喜欢巴黎，同时我还感到巴黎也爱我。

——《巴黎，我爱你》

地址：28 Rue Saint-Gilles, 75003 Paris, France
电话：33-142769088
营业时间：13:00 ~ 19:00

地址：108，rue Vieille du Temple 75003 Paris
电话：0142710933

Yvon Lambert Bookshop

售卖限量读物的视觉书店

因为几次与 Breizh Café 的可丽饼失之交臂，于是也几次路过它对面的这家书店。隔着玻璃窗看到里面从打扮到外形都极具文艺气息的店员，以及间隔恰到好处的图书陈列，都让我忍不住要推开这扇黑色木质门。

和综合书店不同，这里陈列着的大多是我们这类杂志人所爱的，主题关于艺术、电影、音乐的书籍，还有各种欧洲独立杂志，甚至不乏一些限量的期刊和书籍。如果说左岸的书店属于文艺小清新们，那么开在玛黑区的这家书店则属于视觉动物。从近年以强烈色彩和夸张构图大热的 Toiletpaper 月刊、合集和限量版，到那些受众广泛的男性刊物 Fantastic Man 等，这些原来我只能通过小众网店才能淘到的独立杂志，如今被工整而别具匠心地陈列在此。于是，这也成了我的必到之所，只要路过玛黑，我一定会来这家书店淘淘新刊，看看又多了哪些本不该错过的独立刊物。

买了两本最新的 Toiletpaper 和 Kinfolk，趁着文艺小哥在收银台前结账的间隙，我和他聊起这家书店。书店与这家店主人同名，除了这家书店外，店主在巴黎和纽约各有一家美术馆。他从艺术专业毕业后，先后做过艺术品收藏、艺术经济生意，到现在开了这间售卖视觉读物的书店。现在，店主人已经搬去郊外，偶尔才过来市区看看书店和美术馆。这位 Yvon Lambert 先生的一生仿佛是一个普通巴黎人一生的写照：拥有自由自在的童年，被父母带着亲近自然；孩童时代轻松地学习着，进行各种尝试，然后选一个自己喜欢的专业，开始充实的大学与实习生活，不忘远足旅行；青壮年时期有着充足的假期和稳定的工作，完善的社会福利制度让中年的巴黎人不用为生计担心；最后计划着搬去乡下的漂亮小屋，远离城市的喧嚣，安度两个人的清闲晚年。

和一生都在为钱、房贷、后代奔波的国人相比，巴黎人总是那么会享受生活和人生。用整个童年和学生时代去感受和寻找自己感兴趣的事物，然后任性地把兴趣变成事业，朝梦想努力，直到厌倦。开间不大的小店承载自己的梦想，带着爱人过起闲云野鹤般的逍遥日子。在这样的生存环境下才会有这样的心思去搜罗这些自己感兴趣的书籍期刊，放在自己小小的店铺中，不靠吆喝静静地在路边等着同好者推门而入。

Breizh Café

报到三次终于吃到的第一名可丽饼！

这已经是我第三次走到 Breizh Café 前了。我第一次计划去巴黎时，从巴黎留学归来的朋友在行前千叮咛万嘱咐一定要去尝尝这家号称巴黎第一名的薄饼店。而前两次虽然都是慕名前来，但却都因为没有订位、排队时间太长而放弃。

我能专门乘两个小时的车，只为吃上一份我最喜欢的可丽饼；也能因为这家餐厅生意太好、人潮太过拥挤而放弃。就算我已经站在这家餐厅的门口，就算我知道耐心等等就好，可我还是会转身就走，因为我无心再去猜测店员说的“等 10 分钟就好”，到底是 30 分钟还是 1 个小时。爱情也是如此，信任没了，什么都是白搭。

在刚刚经历了被爱情背叛的此时，我却幸运地吃上了这个期待许久的“巴黎第一名”。

“对不起，没有订位的话，我们真的没法给你安排位置呢。”店员在得知我没有预订后，告诉我中午也需要等很久才能有位置。

“请帮帮我吧，我只有一个人，位置应该不难安排。真的很想吃你们的可丽饼。这已经是我第三次来了，之前还特地去过你们在东京的分店呢。很想尝尝总店的味道！”

“这样啊，下一个预订是一点半，只有 20 分钟的用餐时间，你是否可以接受？”

“可以！反正我是一个人吃，很快的！”

有时，孤独一人的食客会得到优待呢。

从布列塔尼到东京的人气 No.1

法式薄饼是法国布列塔尼菜，种类分两种，一种是用小麦粉做成的可丽饼（crêpes），大多是甜的；另一种是用荞麦粉做成的法式薄饼（galettes）。国内常见的是可丽饼，做法偏日式，饼皮较薄脆，内馅选择很多，味道可咸可甜；但法国的可丽饼较软较厚，口味都是甜的。巴黎的薄饼店大多聚集在蒙帕纳斯车站（Gare Montparnasse）附近，因为以前从布列塔尼来的火车，终点站就是蒙帕纳斯车站，因此，在附近的德朗贝尔街（rue Delambre）上，有近十家薄饼店，想尝尝法式薄饼的人，通常会到这一区来。

但号称巴黎第一名的薄饼店 Breizh Café 却偏偏选在了小店林立的玛黑区，这家店非常热门，周末没有订位，等上一至两小时很正常。Breizh Café 总共有六家分店，总店开在法式薄饼的发源地布列塔尼，后来老板娶了个日本老婆，又在东京开了四家分店。这家店热门的原因之一，是他们多采用有机的食材，包括制作法式薄饼的荞麦粉都是店家自己研磨的，味道好又健康。

店内座位不多，桌距相当近，连进出座位都略有困难。店家提供法文、英文、日文菜单，点单时正好日籍老板娘在店内，于是我在法国餐厅里用日文点餐，也算一个很有趣的经历吧。

因为是一个人的午餐，在老板娘的推荐下，我点了一份招牌香肠鸡蛋法式薄饼，和一份经典的焦糖香蕉可丽饼。店家自制的荞麦粉果然特别，吃起来有淡淡的麦香，饼皮烤得恰到好处，不焦不干，内馅的食材都很新鲜，这个第一名果然名不虚传。

吃完咸的法式薄饼后已经有点小饱，当焦糖香蕉可丽饼被端上来时甚至有些震惊：店家很大气地给了整条香蕉，要知道很多店都只是意思意思切几片。焦糖酱甜中带咸，加上香草冰激凌送入口中，冷热软糯得恰到好处。甜而不腻，又富含香气，终于吃到不会甜死人的法式点心。

另外，隔壁有他们的食材专卖店，喜欢店里的东西，可以到旁边购买，带回家享用。下一次过来一定要提前订位，并且不会再是一个人，因为要多一个人分享，才能吃得下从布列塔尼空运过来的生蚝和苹果酒。

饱腹感带来的生理愉悦，有时比爱情更真切、更温暖。

虽然之前数次错过了这家可丽饼店，但我亦在同一条街上发现了许多好逛的小店，因而不会觉得遗憾，这也许就是玛黑充满惊喜的魅力吧。

地址：109, rue Vieille-du-Temple
电话 33-142721377
营业时间：12:00 ~ 23:00，星期一、二休息
网址：http://www.breizhcafe.com/

Merci

从中午逛到黄昏的生活美学店

这家在巴黎占地16000平方英尺的慈善概念店，已经连同那辆时不时移动方位的菲亚特（FIAT）红色复古车成为巴黎时尚与设计爱好者们的聚集地。从服装、化妆品、旅行用品到家居、花店再到咖啡店和书廊，Merci里有着所有我想要度过的法式生活。

穿过咖啡和庭院，看见小红车

Merci其实离玛黑中央区有些距离，开在不算热闹的Beaumarchais大街上，非常低调。我从玛黑中央的Breizh Café出发，一路凭着谷歌地图定位Merci的具体位置，先在路边看见一家小小的Merci咖啡，推门而入，七八十平米大，黑色的玻璃门框，零散的座位与不多的客人略显空荡，环顾四周可以看到一些造型特别的玻璃瓶和满墙的图书。穿过咖啡店才发现边上有一个不大的门洞，从门洞进去是一个小小的庭院，阳光充足的中庭种满了花花草草，绿色植物与作为装饰的雕塑艺术品活化了整座建筑，一抬头，"MERCI"的招牌赫然在目，原来这才是真正的商店所在。而今天，招牌的FIAT小红车并没有停在院子中间，推开商店的大门，才发现它被移到了店铺大堂内。

店铺左手边是身体护理用品专区，别致的全实木装修环境，陈列着你所能想象的各种纯天然的护理用品。再往里走便是男装区域，专售各类家居生活用品的区域占据着中间最大的面积。整幢建筑错落有致地分为三层，地面一层有花店、咖啡店、书店和家居用品，楼上销售奢侈品牌的时装和童装，这些售卖的物品多被放在木质或者钢铁结构的展示架上，多了份平淡的奢华和自然，彰显了一种从容的生活品位。这里既售卖那些比较知名的家居设计产品，也能看到很多别致的、充满艺术气息的法国本土产品。店内装修低调、朴素，又不乏个性，绝没有巴黎那些大牌店的奢华和张扬，货品貌似是很随意地摆放着，但其实都经过了精心的搭配与设计……

我最爱的还是地下一楼的生活小物区。有设计简单但质量极好的生活用品，也有设计奇特的有趣小物，每样东西都让人想去感受它们的质感或是把玩一番。在这层楼可以看到一家人围着一样东西发想其用途，笑声不断，整个挑高的优雅空间顿时温馨了起来。

巴黎的人情味与在地美学

跟一般商店不同，Merci 会与设计师或艺术家跨界合作，打造每季不同的形象概念，有围绕主题的主打商品贩卖，门口的招牌小红车也会跟随每一季的主题更换不同的装饰。这保证了这家店不但持续有新的商品，顾客也会有新的心情。相较于 Colette 和 10 Corso Como，这是一家风格更为庞杂的精选买手店，没有了商业区的喧嚣和高价，高中档货品混杂，风格却不混杂，货架上摆放着 Paul Smith、APC、Stella McCartney、Yves Saint Laurent 与 Azzaro 的 Merci 限定版，朴素而低调的特征早已脱离了香榭丽舍大街上名品店的张扬与俗气，更贴近衣服自身的理念。

这个由著名法国童装 Bonpoint 的创始人 Cohen 夫妇创办的买手概念店在 2009 年开幕。店面不仅集合了现代、复古和传统的要素，也是一间慈善爱心店。店主会为马达加斯加的贫困儿童捐献部分利润，把时尚与慈善相结合是 Merci 最吸引人的点，也是为什么店名是法文中“谢谢”的意思。在这里的每一笔消费不仅能帮助他人，也能降低购物的“罪恶感”；人人都能尽点儿心意当个无名英雄，这不是一举数得吗？

当我细细地把整个三层逛完，透过落地玻璃看到窗外阳光已从浓烈变为昏黄，时间不知不觉地在这幢洋溢着法式生活美学的空间内散开。幸好这一次旅途不用计算时间和路程，于是我提着在这里收获的战利品，走向一层右边的一个窄长的书吧，就是最初进入的那家咖啡店。这时里面已经坐满了客人，三三两两的时髦男女们簇在一起，他们化着精致的妆容、穿着新款的鞋履，服装的配色也甚是雅致，这家咖啡店一直都是时尚从业者的聚集地。

书架从地一直到顶占满了整面墙，我沿着分不清是书架还是墙壁的路径进入，仔细看了下墙上的图书。所有的图书都被分门别类地放置在书架上，带着明确的分类标签，店内还提供梯子，让顾客可以随意挑选高处的图书。散落的舒适沙发则供人小憩、休息、品阅图书，充满了法国式的浪漫情调。挑了一个角落的位置坐下后，服务生送上一大瓶新鲜的薄荷水，全法文的菜单让我犹豫了起来，凭着认识的寥寥几个单词，点了份手工酸奶和拿铁，随手拿起旁边书架上的插画设计书，让自己融入到玛黑的在地美学中去，感受一种叫作巴黎的生活方式。

一个人的时候，你会发现这个世界真的很安静。

一个人，习惯不习惯的。

地址：111 Boulevard Beaumarchais, 75003

电话：33-142770033

网址：www.merci-merci.com

le PARIS de
SIMENON

Centre Pompidou

一个人的美术馆

“巴黎先生”发信息问我过得好不好，我说我很好。什么是很好，就是在黄昏时候的街边，看着人群散去的无奈；我戴着耳机紧抿嘴唇，快步穿过玛黑的街头小巷，默数着内心的孤独；我应付着语言不通带来的些许意外；我抵抗着当地人偶尔的不怀好意；那些时候我都想打个电话跟他说，我其实不好。

但最后我都忍住了，不能再依赖和期待，我很好，虽然还有想念，但仍旧学会了放下他。日落时分经过我们曾经拥抱话别的街角，驻足在这个被后现代钢筋管线包围的广场，然后一个人走进这座曾计划要两个人挽手共赏的美术馆。

被艺术大玩具分散了注意力

傍晚的蓬皮杜，依然色彩浓烈而跳跃，艺术中心钢结构的梁、柱、桁架、拉杆等，根据不同功能被分别涂上颜色的各种管线，都不加遮掩地暴露在立面上，一反巴黎的传统建筑风格。如同他的设计者意大利建筑师伦佐•皮亚诺形容的那样：“一座建筑，不是纪念碑，而是一场庆典，一座都市里的大玩具。”

那一年，法国前总统蓬皮杜热切地希望为巴黎提供一个文化中心：“既可以作为博物馆，又可以作为活动中心的文化场所和创作空间，使美术与音乐、电影、书籍、视听影像相得益彰。”于是，这里成了全世界唯一一个全面介绍从20世纪初到今天所有现代艺术创作的博物馆，收藏了千余件造型艺术、建筑、艺术设计、摄影、新媒体方面的藏品。

对于古典派、印象派并不是那么熟悉的我更热衷于现代艺术，因此在巴黎，蓬皮杜比卢浮宫和奥赛对我更具吸引力。站在通往五层主展厅的透明圆管电梯内，踏入展馆看到这些充满奇思妙想的现代艺术的瞬间，我所有的注意力都被这些大胆而灵活的作品所吸引。之前的那些小感伤、小寂寞片刻间都被打散在这一间间展馆和一个个展品之中：与其执着于那些过往，不如优雅地放弃那些不属于自己的东西，坦然面对自己，安然于生活本来的颜色，何况现在我的眼前正是全世界最为绚丽的现代艺术之色。

我在这个大玩具内一层层地走着、逛着、看着，欧洲规模最大的现当代艺术博物馆、一座规模庞大的公共图书馆、戏剧表演厅和电影放映厅、音乐创作研究院，直到六层的大露台，透过那些钢筋水管俯瞰这座暮色中的城市。我感叹着这个多元的文化机构，其在世界范围内的影响力和融合当代艺术形式的独特性无人能出其右，它以独特的方式创造了一个人类历史上的创造力“乌托邦”。脚下这座大玩具内收藏着诸多艺术天才的作品，也存放着他们的梦想，站在这片露台上的我，突然释然。

在这些经历着岁月流逝的天才艺术品面前，在这座历经了太多变迁的城市面前，人类所有的感情和情绪都变得渺小。刚刚失去的那段感情，就如同四季更迭一般正常，“我们的春天很美，但是夏日已尽，错过了秋天，而现在一切突然变得寒冷，冷得将一切冰封冻结，我们的爱情也陷入冬眠。被冰雪覆盖着的心已停止跳动，爱情悄然逝去。”只有亲自站在这里，望着一望无际的巴黎城，才能真正理解娜塔莉·波特曼那段关于爱情的旁白。要相信，那些翻过去的篇章并不是失败的标志，而是用经历历练成的勋章，只会让我们更加成熟，更有魅力。

地址：Centre Pompidou - 75191 Paris cedex 04

电话：33-44781233

开放时间：11：00 ~ 21：00，每周四开放至夜间23：00，周二及5月1日闭馆

网址：http://www.cnac-gp.fr/

LA VILLE RADIEUSE
LE CORBUSIER
RIVAGES
ARCHITECTURE
l'architecture d'aujourd'hui
URBANISME
L'ARCHITECTURE D'AUJOURD'HUI
9

Comptoir de la Gastronomie

鹅肝餐厅觅食记

在蓬皮杜逛到闭馆时分才离开，夜色已有些厚重，一个人走在深夜的玛黑街头还是需要有些警惕心。凭借记忆，终于在夜色中找到了这家挂着一只鹅招牌的鹅肝专门餐厅，我曾经在这里吃过午餐，这的火腿奶油三明治（jambon beurre）是巴黎数一数二的好吃，也在旁边自家经营的美食杂货店内搬回过由海胆做成的蘸酱、松露油、喜马拉雅的粉红岩盐、波罗地的鲑鱼罐头等等，当然最棒的还是店家自己生产的鹅肝酱。

不用订位，也有英语餐单的地道法餐厅

这家位于 rue Montmartre 市场附近的 Comptoir de la Gastronomie 创立于 1894 年，左边是美食杂货店，右边是酒窟和餐厅，算是玛黑区的老牌店铺。其主体其实是个藏品丰富的专业级老牌经典的精致食铺，可以淘到很多好货——肥肝、奶酪、肉批肉酱、鱼子酱、松露油、手工芥末以及定价合理的葡萄酒。食铺可通往用餐区，帘子一拉就隔出个小酒馆，尤其让人感动的是厨房下午也不休息，用餐区也没有订位的规矩，行人不用提前计划，路过就能吃上饭——要知道，饿了进餐厅吃饭，在中国是那么容易，在巴黎绝对是难题：好餐厅大多需要预订！

同样比较难得的是，这里有英文菜单，还有一个热情幽默，以英文为母语的服务员。在巴黎，遇到稍微地道一点的餐厅，就几乎是清一色的法文菜单和法国服务员，这也是我今夜特别执着于这家餐厅的另一个重要理由。

菜单不长，一页纸正反面就罗列完五种开胃菜、两种沙拉、六种主菜、七种甜点。但这些之前的半页却是真正值得关注的——十六道 Comptoir 经典之选，比如，鹅肝薄片。众所周知意大利有一道很有名的菜就是生牛肉薄片，将生牛肉切成可透光的薄片，再淋上一些酱料，是很有名的前菜；而这一家更胜一筹，把鹅肝切成薄片。鹅肝要能够切成薄片真的不太容易，因为很容易就散掉，要质量上乘才能够这样做，由此可见这家鹅肝的道地与自信。烤勃艮第蜗牛溢满香草黄油香，没有让人不舒服的腥味。焗烤油封鸭配以新鲜鹅肝酱，两种法式经典的交相辉映，势必异常精彩。

结束了前菜和主食，到了最令我期待的甜品时间，我点了一份同样经典的法式熔浆巧克力蛋糕。尽管在国内我也经常会点这道甜品作为餐后甜点，不过在看到这家用锡纸模烤出的巧克力蛋糕后马上感觉到了差距。一勺破开，薄壁巧克力蛋糕流出一匙香醇的巧克力浆，再抿一口布满香草籽的冰激凌，冷热交融在口腔内，甜蜜直沁入心间。

“我已经释怀了，不用担心。如果还能遇见，我会微笑打招呼的。”看了看手机里存着的那条短信草稿，终于按了发送键。唯有美食不可辜负，却有错爱可以原谅。这一晚，我终于认识和懂得。

地址： 34 Rue Montmartre, 75001 Paris, france
电话： 33-142333132
营业时间： 12:00~00:00

XL girls 的时髦休日守则 NO.02

寻找比约会更有趣的事

有人说，女子生来便是为了爱，爱人与被爱。说这话的十有八九是个男人，他不知道无论女人有多复杂和灵敏，也不会真正明白爱的含义。越是为爱倾其所有的人，越是坚强，即便在为爱消耗掉所有热情后，她也可以自己爬起来继续生活。爱真正重要的不是爱情本身，不是奉献，不是个人利益，而是尽全力追求各自价值的过程。

花无百日红，充满了甜蜜的约会也绝无天长地久。所以，无论现在你是恋爱、单身，或是刚刚遭遇失恋，都不能把生活的重心和所有对于快乐的期待都寄托于约会带来的愉悦感。不要让自己成为一个除了恋爱什么都不懂的傻瓜，做一个即使没有异性陪伴，也能够充实过生活的女性，会发现生活之于你的另一番美好风景。

有时只需换上一双新鞋迈出一步，那扇通往美好未来的大门便会向你开启，让你看到爱情以外的那些新奇、有趣的世界。

PARIS

Kusmi Tea

会讲故事的茶叶铺

巴黎是一个很会说故事的城市，从夜晚巴黎铁塔下的浪漫华尔兹到莎士比亚书店里的偶遇，多少旅人是为了这城市说出的爱情故事而前往朝圣。街上那些老式的百货、零售小店已经不能满足我们的渴望与需求。尤其在欧洲，会卖东西已经不重要了，你需要会说故事，说对生活充满美好憧憬的故事。

吃着手中的美食逛到这家颜色跳跃的茶叶铺。会留意到这个茶叶铺是因为前几天在电视上看到一个唯美的水中芭蕾双人舞的广告，正是这家店的一款茶叶新品的广告，这个令人印象深刻的广告和白粉相间的醒目装修风格让我忍不住去了解这个茶叶铺背后的故事。

虽然是连锁店，不过当我问起店员他们的茶叶铺起源时，他却开始用极为兴奋的语调向我讲述起一个关于梦想、家族和茶叶的故事。

Kusmi Tea 的第一代主人 Pavel Michailovitch Kousmichoff 小时候是个贫农，14 岁的时候他离开家乡到圣彼得堡找工作，第一份工作就是在一家茶商店里当搬运工。茶商店的主人发现了他异于常人的天分，传授给他自己所有的茶知识和关于混合茶的秘密。当他长大后爱上了富家女 Alexandra Egorovna，经过一番努力，他终于得到富家爸爸的认可，娶了富家女为妻，店主人还给 Kousmichoff 出资，让他另外开了一家茶店，当时是 1867 年，Pavel 27 岁。P.M.Kousmichoff 茶店就是现在 Kusmi Tea 的第一代店，十年后他在圣彼得堡有了四家茶店，同时也跻身为上层阶级，到了中年他已经排入当时俄罗斯最大茶商的前三名。当年的俄罗斯的茶叶进口量是世界第二，由此可见他所经手的茶量以及金钱之多。

俄国革命爆发前夕，他的儿子 Viatcheslav 接手公司，和家人假装成穷人逃出国界，甚至卖掉带出来的貂皮大衣以换取到今日土耳其伊斯坦布尔的船票，最后终于在巴黎定居下来，随后也逐渐将生意转到英国和法国，并将公司总部设在了巴黎的 75 Avenue Niel（至今还在），就是从那时起，他们茶叶的品牌名字才缩短成了 Kusmi。

我猜想，在这里的每一款茶背后，都有一段长长的故事和回忆吧，关于爱情，关于家族和梦想，所以才会在打开铁罐的瞬间散发出如此迷人的花茶香，让人忍不住想要去泡饮和回味其间滋味。这些来自俄罗斯和亚洲的茶叶，在巴黎被放入美丽的铁罐中，被赋予了新鲜的灵感，融入了这座城市精致甜蜜的氛围。

我纯粹凭着对外壳的喜好和对花果味的猜想挑选着一个个茶罐，想着回国后的某个午后，可以在闺密们的午后聚会时泡上一壶有着今日巴黎的阳光花香记忆。什么东西都会流逝，但是镂刻在光阴里的幸福，会被味觉、视觉和嗅觉这些记忆特有的格式保存下来。

KUSMI TEA
SO HOT!
SWEET
LOVE
Exquis mélange de thé noi
d'épices et de graines d
guarana qui éveille les

地址：4 Rue des Francs Bourgeois, 75003 Paris
电话：33-142781429
网址：antiquites-hierpourdemain.com

Hier Pour Demain

昨天，明天

在玛黑逛街是一种视觉享受，比起整条街都是精品旗舰店的香榭丽舍、蒙田大道这类商业的购物中心，玛黑巷子里的种种个性小店更让人着迷。虽然这里偶尔也会冒出类似Sandro、Maje这类当地的人气品牌店，不过却不影响充斥着整个玛黑区域的杂货风情。

杂货（zakka）一词源自日本，指的是日常中的各种生活用品，小至跌落在地轻而无声的回形针，大至客厅沙发，只要是可以带给人们幸福感的日常用品，全是杂货的一部分。我和其他那些热爱生活的女生一样，每一次旅行除了背回一堆服装配饰外，带有当地特色的杂货总是占据了一大半箱子。特别是这家的复古家私，每一件都长着一张“带我回家”的可爱脸庞——三十年代画报女郎风格的摆设、老式收录机、有了锈迹的邮筒、地下室中那些有着岁月痕迹却依旧经典的家私……在崇尚疯狂创新设计的年代过去后，我们越来越发现，那些早已存在，却一直被忽略的日常用品，真是越看越喜欢，越用越顺手。生活被这些美好的、恒久如新的物件所包围，就很幸福。

我用英语和店主示意是否可以在此取材。“OK，OK！ But……（好的，好的，不过……）”这个笑容满面的老爷爷突然凑到我面前，并示意我跟他来到镜子前，“Photo with me！（跟我合照！）”就这样我和店主的第一张合照成了拍摄的条件，可爱的法国爷爷，典型的玛黑式热情。

在玛黑的小店内淘着旧货，用眼睛和指尖感受着这里特有的旧日情绪。其实大部分日常用品对我而言不论新旧，因日日使用而能历久弥新的设计就是经典设计，他们隐藏在生活周遭，帮助我们把每天过得更具体，并充满美感体验。杂货不只是商品，更代表着一种独特的生活美学，对日常生活、平凡事物的尊重与鉴赏，与时速对抗的生活主张，以及对永恒的领悟。

某种程度而言，杂货和光阴一样，越累积越复杂。只是这种复杂，不是来自喧闹、低廉的复制，而是多元的地域特色、风土人情从历史长河沉淀下的朴素。每一段光阴沉淀后，留在我们心间的是无法复制的切肤之感，以及历练过喧嚣后的平静。

RENAISSANCE
JOSIANE BALASKO
VALÉRIE LANG
ANDRÉ VIGNEAU
Salvador DALI
GALERIE VENDÔME
MASHI CHANGIZI
Jusqu'au 28 avril 2012
BASTILLE QUARTIER LIBRE
WWW.CARREBASTILLE.COM
PIERRES PRÉCIE
DU MONDE ENTIE
JARDIN DES PLANTES
27 Octobre au 14 Novembre 2011
RANCINAN
LAFITTE

Le Loir Dans la Théiere

在童话的茶壶里做只睡鼠

一生中，我们大抵会爱上两种人，
一种治好了我们的病，一种让我们病入膏肓。

我喜欢的一个处女座香港女演员，她和法国有着过多的缘分：离开一个法国高管，嫁过一个法国导游，爱上一个法国音乐人。在她五十岁那一年，爱得太过认真的她站到了摇滚舞台上，一袭黑衣，撕扯的唱腔，圆了她和他的音乐梦。

这里，是她定居巴黎十余年间最常光顾的餐厅，墙上留着她的电影海报，和那段执着的时光印记。

玛黑是巴黎少数保有古老羊肠小道和中古世纪、文艺复兴前期建筑的区域，而大部分的巴黎都在19世纪拿破仑三世执政时由建筑师Georges Eugène Haussmann设计改成了宽阔的大马路。在这个巷道与住宅交错形成的复古小区域中，从狭窄的巷弄里随意弯进廊道，再来到豁然开朗的宽阔庭院，幽静迷人的风情构成旧玛黑独有的氛围，而我也常常会迷失在这一条条错综的小巷间。虽然有谷歌地图的帮助，但是为了找到回蔷薇街的路确实也费了一番功夫，于是，在错过饭点的午后终于找到了蔷薇街上这家有着可爱名字的法式茶餐厅。

地址：4 Rue des Francs Bourgeois, 75003 Paris
电话：+33 1 42 78 14 29
网址：antiquites-hierpourdemain.com

女明星当年的心水食处

巴黎以多到溢出来的咖啡馆闻名，但我却极其钟爱这家不怎么法式的 Le Loir Dans la Théiere，与其说它是咖啡馆或者餐厅，其实更像我们这里的茶餐厅，舒服自在，让人产生亲切感，难怪会是张曼玉在巴黎生活时最经常光顾的食所。这家从童话里走出来的咖啡店，取名为“茶壶里的睡鼠（Le Loir Dans la Théiere）”，是借用路易斯·卡罗尔的名著《爱丽丝梦游仙境》，挂在店门口的 logo 漫画如其名一般的可爱。我因为迷路而错过了最忙碌的饭点，然而虽然已是午后两点，门口依然排着长队。这家店以对中国客人热情而出名，店员看到我是一个人后，微笑着带我走入餐厅。又是一人食的特别优待！

走进店内第一眼看到的便是柜台上摆着的看起来美味无比的橙味海绵蛋糕和巨大的柠檬塔，菜单上则有令人垂涎的甜和咸馅饼，以及各种小吃，甚至空气中都飘浮着咖啡的香味。小店的装修风格极具 20 世纪 70 年代波西米亚风的特点，各种海报和招贴画贴满了墙壁，最抢眼的当然是与《爱丽丝漫游仙境》有关的漫画。房间里摆放着零星不成套的旧式家具，似乎全部都是店主人从旧货市场淘来的，甚至有我们小时候上音乐课时才会用到的带写字板的音乐椅，只不过现在扶手上放的已经不是五线谱，而是香甜的柠檬派和地道的法式咖啡。走上楼梯，从第二个房间看出去可以看到一个有着青翠草木的小庭院。如此充满生活趣味、价格又亲民的咖啡馆让崇尚悠闲生活的巴黎人趋之若鹜，因而想成为“茶壶里的睡鼠”可并不容易，感谢今天的好运气。

一个人坐在有些窄小的单人桌前，点了菜单上传统的法式 brunch，又给自己加了一份“自家制柠檬塔（tarte citron)”，这家最有名的就是自家制的各种塔，最中之最就是柠檬塔。服务生慷慨地切下硕大的一块端到我面前，塔的最上面是厚厚的甜奶油，高高耸起像座火山，入口很轻盈，滑滑的偏慕斯的口感，表面烫上一层大理石色的焦糖。下面的柠檬馅酸酸甜甜，和奶油混合在一起在嘴里化开，最底下是微酥微咸的塔皮，完美的陪衬，使得整个塔不至于过于甜腻。

临走前，我不顾周围食客的目光，带着相机在略微拥挤的店内踮着脚尖小心行走，寻找着张曼玉当年留下的痕迹，哪怕只是一张电影海报或是一张剪报，都能成为独在异乡的我和这家咖啡馆的牵绊。

the Collection

抱紧墙纸，以防不测

如果旅行箱内还有空间，我最想带回的不是香榭丽舍大街橱窗内那些奢侈品鞋包，而是玛黑这些充满了法式风情的生活。因为那些时尚杂志上的欲望清单随处可见，可是融入了巴黎个性的杂货却仅是在地的限定版。我沿着法国女生写的巴黎风情集找到了这家开在玛黑小巷深处的墙纸专卖店，企图从这里带回一房间的巴黎色彩。

这里有着各种我们想象得出和想象不出的墙纸系列，甚至开创了自由组合颜色、纹理和涂层的订制墙纸，就像一个激发着创新试验精神的迷你墙纸实验室那般，让我在里面一遍遍地想象着自己房间被这些个性墙纸包围的模样。是的，巴黎人的精致与个性不仅仅体现在对最新时尚的追求，更多的是对生活的热爱。他们享受在街头巷尾淘杂货装点生活的乐趣，也乐于在周末起早去跳蚤市场搬回一些历史的痕迹，因此，这些售卖着生活家饰用品的小店才会不断被注入新鲜的活力，不断挖掘着生活中各种美好的可能性。

转角，意外之险

当我终于大包小包地选好了这些墙纸从店内出来时，天色已昏黄起来，原本人群熙攘的玛黑也渐渐褪去了热闹的样子。正当我顺着街角要左转时，一对姐弟模样的人突然出现在转角，一阵冲撞，我已经被逼到墙边，因为手上抱着这些墙纸无法做出防护的反应。这时，感觉到右肩被那个个头和我差不多的女人压得死死的，正前方小男孩的手正伸向我斜挎着的 Celine 包。“是小偷？抢劫！天啊，不要划伤我的包包。”我只能用肘部压住身下的包和小男孩的手开始角力，就在我犹豫开口呼救是用英语还是法语时，一双大手出现在眼前，一把拉开小男孩：“What are you doing ？”（“你在干什么？”）透过墙纸卷筒，我看到帮我的是个身材魁梧的华裔青年。趁着小男孩被他拉住，我忙撞开右边那个女人，挣扎出墙边，而小男孩则猛地甩开青年的手，和那个女人悻悻离开。

“你没事吧？看看有没有少什么？”华裔青年操着夹杂着香港口音的普通话向我问道，“你的脸色都白了！”

“没事，”我查了下包，幸好拉链还没有被拉开，“太突然了，我被按得死死的，完全不能反应，真的谢谢你了。”

“他们其实是三个人，还有一个挺结实的老黑跟在后面。我刚过马路的时候就注意到了，看你一个女生拿了这么多东西，一定不会留意周围的。你接下来要去哪里？我送你一程吧。”

“我在巴黎旅游，就住在玛黑附近，本来想买好东西找地方吃饭去的。刚才真的太谢谢你了。”青年接过我手上的一堆墙纸：“难得在这遇到中国人，我是自己一个人过来旅行的，刚查到附近有家不错的家庭餐厅，不介意的话一起去吃吧。”

“一起吧！我已经一个人吃了好几顿饭了，终于可以边聊天边吃饭了。”也许是出于感谢，也许是真的不想一个人吃饭了，我欣然接受了这位“恩人”的邀请。

我们总能在旅途中与陌生人不断地相遇、交错，这种无法预见的遇见，正是填满彼此旅程的最好的回忆，久而久之，这些回忆便跟随着我们一次又一次的旅行，流转在世界各处。如同我们把心给了别人，就收不回了，而别人又给了其他人，这样，爱便流通于世那般。

地址：33, rue de Poitou,75003 Paris
电话：33-142770420
营业时间：周二到周六 11:00 ~ 19:00
网址：http://www.thecollection.fr/

XL girls 的时髦休日守则 NO.03

美食，是旅途的幸福染料

美好的食物本就是丰富多彩叫人垂涎欲滴，于是那一瞬间，当味蕾变得五颜六色，心情亦会色彩斑斓。我们每到一个地方旅行，美食都应该是攻略上不可忽略的一点。当地别有风味的食物都不该错过，哪怕是没有好评如潮也要尝一次方可罢休。我们曾经踏足过的城市，那会青涩的年少时光，牵着彼此的手穿梭在大街小巷，寻找一种令人怦然心动的香气，即便成年以后，再回到这座城市小待几日，依旧不自觉地寻着那熟悉的味道驻足在餐馆前。

美食大概是回忆的药剂，无论走到哪儿，再吃到什么，你总会回忆起在旅途中那惊艳过味蕾的味道，叫人心有涟漪，叫人没齿难忘，脑海里生生地出现了那时的画面，怀念起旅行时所有的美好。

Dessance

幸好，玛黑有深夜甜品店

Ikwa 如约订了最快的航班飞来巴黎，抵达我在玛黑的住所时已是晚上 10 点多。每个人心中巴黎的魅力各不相同，不过对于一日不可无甜品的 Ikwa 而言，巴黎 = 法式甜品！

“快带我去吃甜品！”整理好行李后，Ikwa 兴奋地要求道，完全没有长途飞行的疲惫感。

“你不问候一下刚失恋的人吗？”

“不过是看清了一个男人的真面目，没什么好难过的。记住，异地恋的重点从来都不是谈恋爱，而是这个男人是不是只跟你谈恋爱。”她轻拍了一下我后背，开始往衣橱里一件件挂着西装，“再说，治疗失恋最好的方法就是再次恋爱，其他的慰问都是多余。没有遇到新男人前，先去吃个新甜品，也能让人幸福。”果然是带有 Ikwa 特色的甜品爱情论。看在她千里迢迢飞过来的分儿上，我决定带她去尝试玛黑区一家营业至深夜的“有趣甜点”，创立者 Christophe Boucher 曾在米其林三星餐厅 Ledoyen 任甜品师，功底扎实、创意非凡。

赏心悦目的极致盛宴

我们并肩走在深夜的玛黑小巷里，一路上分享着这几天在巴黎的遇见和收获，不知不觉已经来到 Dessance 门口。这是一间置于特制的金属和木材框架中的甜品店，从门口就感受到了它的特别。推门而入，室内设计得好似一个被木结构包围的小花园，一共有两层，虽然已近十一点但一层仍坐满了客人。我们在大型花岗岩吧台对面的桌子旁坐下，这是一个可以看到开放厨房中厨师忙碌工作的美好视角。

选择了厨师推荐的，售价 36 欧、适合两人分享的甜品，就这样开始了如同等待法餐般的漫长时间。第一道甜品被放在小陶碗中如汤品一样被端了上来，芥末、梨汁冰霜加坚果，出乎想象的清爽口感却带有芥末辛辣微苦的回味。用梨、萝卜、马铃薯和希腊酸奶冰激凌组合的第二道甜品，完全没有添加任何糖分，好似一场大冒险的开始。从小红莓、紫薯、罗勒、姜片到松子、棉花糖、黑芝麻，六轮甜点尝下来，各种新鲜味道和对食材的特殊处理方式都让我们连连称赞，颠覆了对甜品的一般概念。热情的服务生也会一一解释每一道餐品的组成，这真是个充分运用各种水果蔬菜创造出丰富的色彩与口感层次，即便整套吃完都绝不会吃得甜腻的神奇甜品大餐，极美的摆盘更是让人很是喜欢。甜品的盛宴，不知不觉已至午夜，虽然有些罪恶，但是却感受到了法式甜品最极致的精美与创意。

当然，这一夜感受到的异常的幸福感，不仅来自于甜点带来的惊喜，还有温暖的友情。闺密，永远是我最难以割舍的一部分，因为，在我最困苦难熬的时刻，她们一直在。

地址 : 74 rue des Archives, 75003
电话 : 33-142772362
营业时间 : 周三到周五 15:00 ~ 23:00
周六、日 12:00 ~ 0:00
网址 : www.dessance.fr

Derriere

在时髦朋友家的 brunch

在这里吃饭就像到一位时髦又文艺的朋友家做客一样，只是比家更多些时尚感。不拘一格的装饰和家具，包括一张乒乓球球桌、一个类似《纳尼亚传奇》的镜子橱柜和老式的花园桌椅。这里有着巴黎人无法抹去的复古情节，也是巴黎城中最时尚人士的聚集地。

“要去玛黑最多潮人推崇的餐厅吃午餐！”当 Ikwa 向我提出这个午餐要求后，我的第一反应便是藏在玛黑深处的 Derriere。首先，带我来此的女生无疑是巴黎时尚圈中的 IT Girl（潮流女孩），而在这里进餐的过程中她更是不停向我介绍隔壁桌坐下了某位女星的造型师、某本大刊的配饰总监、某位时尚大鳄的个人公关……连这里的服务生也穿得兼具文艺和时尚度。于是我谨遵女友的提醒，在前一晚早早订好位置，要知道巴黎这些热门地点是最容易排起长队的。

虽然已是第二次到来，但我还是摸索了好久才找到进入庭院的入口，谁让这家店开得如此隐秘，街上没有任何招牌。穿过圆形拱门进入摆放着老式花园家居的庭院，走进餐厅，Ikwa 果然愣了一下。餐厅的每一个角落都是不一样的风格，用着从不同地方搜罗来的桌椅。从十多人的豪华宴会长桌、五六个并排的长脚椅子吧台位，到三四个人的摩登设计玻璃矮桌，人们被分散在不同色块的区域内，而中间最大的区域则被一张大大的乒乓桌所占领，两个穿着合身衬衫和紧身长裤的男生正站在桌子两头挥拍打得热火朝天，其中背对着我们的那个男生露出一截波尔多红的袜子搭配墨绿色长裤，甚是好看。我们被带到整个餐厅仅有的两人位，方形深棕色的餐桌旁边配了一展古董台灯，在暗蓝的丝绒沙发坐下来的高度刚好适合用餐。穿着浅蓝色衬衫搭配格纹马甲、戴着玳瑁眼镜的服务生递来餐单，并向我们解释着中午只提供 brunch 菜单，有前菜和主食可选，甜品水果可以去自助水果吧领取。

仔细阅读着印在名画背面的菜单，也觉得十分有趣。一道道餐名被后面的注释解释成了一种艺术，不得不感叹这家店主的用心和特有的法式幽默。38 欧一个人的价格对于玛黑来说有些高，毕竟不是米其林餐厅的 brunch，不过当 Ikwa 从楼上上完洗手间下来后，就连连喊值得！我知道她一定是看到了楼上各具特色的包间，围绕着大床的长排餐桌、大镜子橱柜背后的吸烟通道、有着水晶吊灯的神秘房间、甚至堆满旧图书的楼梯……这一切的一切让她惊讶不已。对于一个出生于悉尼现代都会的女孩来说，巴黎人骨子里面的复古情节是她所无法理解却感到神奇的存在。而这家让巴黎城内的时尚人士趋之若鹜的时髦餐厅，其成功的秘诀也许就在于它将这些复古元素轻松地融入整幢洋房内，完美的区域划分适合所有有着强烈好奇心的时尚动物们。

地址：69 Rue des Gravilliers, 75003 Paris, France
电话：33-144619195

Les Fees Patissieres & Berko

珠宝甜品还是杯子蛋糕?

和 Ikwa 在巴黎的第一个白天恰逢周末，我们计划去地标性的地点野餐，就像巴黎的在地女生一般，购买甜品下午茶带去铁塔。匆匆走了一圈后，找到各自中意的纸杯蛋糕店，他们竟然开在同一条路上！在这条以有着疯狂甜品铺闻名的 rue Rambuteau 大街上，两家纸杯蛋糕店的风格大不相同，代表了我和 Ikwa 的审美取向。

Miki 喜欢的那些，像极了珠宝

绝对外貌主义者的选择。在玛黑的后巷偶遇这家 Les Fees Patissieres 时，我惊讶于它把纸杯蛋糕的概念推向了一个崭新的台阶，每一颗都像是珠宝那样展示在玻璃管内。走进店内，如同绿野仙踪般充满童话感的装修风格，让这里的每一颗蛋糕都染上了仙气。每一个小纸杯中，盛着的是比普通纸杯蛋糕更精致的改良甜品，从蛋白饼到芒果慕斯，这些法式经典甜品都被装在了这枚小小的纸杯内。我最喜欢白色的香草口味，入口香滑、甜而不腻，咬下去后有蜂蜜口味的内馅流出。秀色可餐的珠宝甜品，同时满足视觉和味蕾的仙女专享。太过不切实际、太过梦幻、太过理想化，这些朋友常常抱怨我的形容词，如果用在甜品上，都成了美好的褒义词。

生动的经典口味更适合 Ikwa

在我为 Les Fees Patissieres 那些精致得如珠宝般的甜品着迷时，Ikwa 已经走进同一条街上以传统纸杯蛋糕出名的 Berko，这家店用鲜艳生动的美式配色吸引着她的视线。

店虽不大，但是气氛挺好，排队的客人也不少，大多数客人都是买了带走，偶尔有几个坐下来，悠悠闲闲地喝咖啡、品糕点。店内鲜艳的颜色和柜台里那些精致的点心色彩很是相配，店员自豪地说，他们家的纸杯蛋糕和芝士蛋糕是全巴黎能尝到最棒的！这里的纸杯蛋糕被赋予了疯狂的颜色，深红色，热粉红色和荧光绿色等，而他们亦有着许多意想不到的口味组合，从传统的香蕉和花生酱、苹果馅饼和奥利奥到有着许多装饰的水果糖口味，甚至还有 DQ 暴风雪中经典的巧克力漩涡，完全是会让人上瘾的甜品柜台。

Ikwa 用 19.9 欧买了九个打包带走，她先拿出一颗插有红色试管的奶油口味蛋糕，一边大口吃着顶端的蓝莓和奶油，一边将试管内的果酱打入蛋糕底座，手忙脚乱地朝着我说道："好玩的纸杯蛋糕！" 我看着她站在路边完成这一系列动作后，不禁笑出声来："Ikwa，你现在的样子才叫好玩！"

不同于出产国，法式纸杯蛋糕的新发现

源自美国的纸杯蛋糕从 2008 年开始慢慢入侵巴黎甜品界，就像马卡龙巨头 Ladurée 迫不及待地在纽约开设连锁店那样，一些原本传统的元素穿越大西洋后，就会在当地被当成时髦的象征。我和 Ikwa 在品尝和体会了两种风格的纸杯蛋糕后不觉总结起法式纸杯蛋糕和传统美式纸杯蛋糕间的区别来。

像 Les Fees Patissieres 这样的法式纸杯蛋糕一般会在包装时附上小叉子或勺子，或许他们实在无法忍受美国人张大嘴巴咬着纸杯蛋糕的样子，又或许是因为他们过于强调精致优雅的本性。同一眼就能看到所有材料的美式纸杯蛋糕相比，法式纸杯蛋糕通常会在杯底的蛋糕部分加入果酱或一些特别的内馅，虽然烘焙时多了一份复杂和混乱，不过吃的时候也会多一重惊喜。比起美式纸杯蛋糕中经典的花生酱和胡萝卜这样的口味，热爱和善用鲜花的法国人更喜欢制作玫瑰、茉莉花、罂粟、紫罗兰这样的鲜花口味的纸杯蛋糕，因此和充满着校园、生日聚会回忆的，画着卡通图案的美式纸杯蛋糕相比，法式纸杯蛋糕的图案也往往更浪漫。法国的蛋糕师更喜欢加上许多糖果、坚果和闪光元素等一些看似非食用的装饰品。除了这些，甜品控更在意的是，法式纸杯蛋糕的含糖量远远低于美式纸杯蛋糕，相较于只靠黄油和糖调配而成的美式纸杯蛋糕，法国蛋糕师更倾向于用外裹酥皮或奶油芝士的不同组合来变化口味，毕竟这个国家拥有超过 350 种的芝士可供选择，给了蛋糕师更多灵感和发挥空间。

来到巴黎，有一种满足感就是被各种甜品包围。
Ikwa 和我都深深沉迷于此，女生，永远有一个胃是用来装甜品的。

Les Fees Patissieres
地址：1 rue Rambuteau, 75004 Paris, France
电话：33-144613167

Berko
地址：23 rue Rambuteau, 75004 Paris, France
电话：33-140290244
网址：http://www.berko.fr/

XL girls 的时髦休日守则 NO.04

做个入乡随俗的旅行者

虽然我们一直坚持用自己的节奏和步伐去感受这个世界，不过到海外旅行时，事先或在旅途中了解一下当地的风俗，尊重他们的习惯，也是对旅行本身的一种融入和探索。比如这次的目的地巴黎，就有着一些不成文的规定：

· 在餐厅或咖啡馆点单时，与其大声呼唤服务员，不如用眼神给他们一个指示。巴黎的服务生都比较年长也有经验，他们很善于观察入座客人的需求，不过他们一次只会服务一桌客人，这是尊重和专业的体现。所以不要再企图呼唤服务生，学会适应这个城市的缓慢，等待和服务生四目相交的那刻，不是更浪漫的点单吗？

· 学会用法语打招呼。经常听到从巴黎回来的朋友抱怨巴黎人的不友善，甚至拒绝用英语指路，其实如果你学会用法语来打开对话和表示感谢，这个对自己的语言备感骄傲的民族亦会很愿意来帮助你。简单的一句“bonjour（你好）”、“merci（谢谢）”就会拉近你和法国人的距离。

· 不要穿得太过花哨。虽然巴黎是全球的时尚之都，不过真正的巴黎人很少尝试黑白灰驼之外的抢眼颜色，更不会穿迷你裙、喷太过浓烈的香水上街，因为一般这么穿的都是“特殊职业”女性。优雅，永远是法国女人着装的第一守则。

LANCASTER
DRY TOUCH

女生 *2 的巴黎三日计划

你穿行在城市里，路过无数个别人的瞬间。你在等公交车，
旁边的情侣在对话。你在度过几分钟，
你在见证一个一个的故事和人生。

——我最爱的那部电影《巴黎，我爱你》

1st Day
像巴黎女生那样过周末！

和当地女生一起去铁塔下野餐吧！

在巴黎最迷人的中心，埃菲尔铁塔下方，战神广场边的草坪上享受野餐的乐趣。我和Ikwa提着装满水果、葡萄酒、零食的野餐篮，还有刚刚从玛黑买来的纸杯蛋糕，召唤着巴黎在地的小伙伴们，一起对着铁塔、战神广场、市政厅这些犹如明信片般的景色进行我们的巴黎首日女子会。

巴黎人的周末常常会呼朋唤友地去有大片草坪的地方野餐，这不，两三点来到铁塔下，这里已经聚集了好多“桌”野餐组合，我们旁边的年轻人带来了音响，放着激烈的R&B音乐，大家情不自禁地跟着音乐摇晃身躯，这一刻的战神广场成了一个巨大的Disco（迪斯科）舞池。还有全家一起出动的，爸爸带着刚刚学会走路的宝贝和大狗进行飞盘游戏，妈妈则在一旁准备松饼，和乐融融的样子就好像卡通片中的一个场景。只有真的融入当地人的周末生活，才能真正感受巴黎的在地风情，带上甜品与当地朋友举行草坪野餐无疑是最适合女生的体验。

Cafe Constant
地址：139 rue Saint-Dominique, 75007 Paris
电话：33-147537334

贝氏夫妇也着迷的巴黎最佳油封鸭腿

米其林三星主厨Christian Constant开在铁塔所在第七区的小餐馆Cafe Constant。这位名厨在同一条街上有四家风格、价位各异的餐厅。我们本以为米其林餐厅应该会有独特的高贵气质，但真正找到时，才发现这家是一个人满为患的街角小餐厅。

这里每天晚上七点开始正式营业，从不接受预订，因此时间还没有到就已经有人在门口排队等入座了，都是慕名而来的各国食客。他们家墙上挂满了各种菜谱，介绍了很多菜肴的详细做法，当然还有主厨CC和各位世界级贵宾的合影，其中就有贝氏夫妇。来到这家不得不试的便是法国的家常菜，号称巴黎第一的油封鸭腿，真的只能用“满盘惊喜”来形容，那惊为天人的薯片，那炸梨，那菌菇酱，那焦脆可口的鸭腿……

2nd Day
在 1 区感受时尚与经典的冲击

le Soufflé
地址：36 rue Mont Thabor 75001 Paris
电话：33-142602719

周末起个大早去跳蚤市场

巴黎人的周末一定不能睡懒觉，因为要去跳蚤市场寻宝。巴黎一共有三个跳蚤市场，以规模大著称的 Clignancourt、位于东边的 Montreuil 以及 13 号线直达的 Porte De Vanves，我的巴黎设计师朋友们常去的便是最后一个。恰到好处的规模、良好的治安、经常能淘到质感好的东西，便是他们来这里的理由。

这个周末，拉开窗帘就看到美丽的蓝天，我立刻拉着 Ikwa 跳上 13 号线，因为跳蚤市场只在上午开放，早去才是找到好东西的秘诀。结束了在跳蚤市场的淘宝后，我们步行 5 分钟来到 Georges Brassens 的旧书市，在这里既能找到有历史感的皮革精装书，也可以看到可爱的复古插画绘本。很多书美丽得让不会法文的我俩也想要买下来呢。

杜伊勒里花园附近稍纵即逝的美味

逛完跳蚤市场和旧书市，我们去绿茵葳蕤的杜伊勒里花园所在的 1 区，这里是我除了玛黑和圣日耳曼外最喜欢的一个区域，不是因为那些全球知名的热门景点，而是这里融合着时尚和经典的巴黎。

在这里的小巷中藏着一家专做法国美味舒芙蕾的米其林餐厅 le Soufflé，这道味道虚无的欧式甜点让很多人又爱又恨。并不是所有厨师都敢做 soufflé，因为稍有闪失，便一败涂地；也并不是每个食客都懂得品尝 soufflé，因为稍慢一步，便错过了它美味的巅峰时刻。在这家百年老店中可以尝到别处少有的咸味舒芙蕾，一个鸡肉蘑菇芝士下去已经足以饱腹。仔细观察一下周围的食客，基本都是穿着考究的法国老人，大家都怀着一种慎重的态度等待着舒芙蕾上桌，抓紧时间，拿起银勺，赶在浓浓香味散尽、高高的“礼帽”塌陷之前，把它吃光。

只此一家，收藏了整个巴黎的时尚版图

和 le Soufflé 仅一街之隔的 Saint-Honoré 大街是巴黎最贵又最有法国味道的街道之一，是新老时尚势力融合的一条街。作为 18 世纪的贵族居住区，街上汇集了众多奢侈品店和古董店——Hermès 从 1837 年起已经在这里开张了。不过在去这些大牌旗舰店之前，我们一定会先去 Colette 看看巴黎最新的流行趋势。

1997 年成立的 Colette 可以说是巴黎第一家玩起个人随性概念的小店，店的风格即是店主 Sarah 的风格，且不固定地随店主思维的变迁而变迁。Sasah 和她母亲创立 Colette 即为了标榜 “Style Design，Art Food”（型格设计，艺术食物）的独立贩卖概念。店里的每一件商品几乎都是品牌为 Colette 特制的限量版，包括 Lomo Fisheye 相机和 Hussein Chalayan 的香水。每两周更新一次的橱窗设计，让我们每次来此都能收获不同的惊喜，这也是那么多时髦人士只要来到巴黎，就一定要来此了解下这些趣味庞杂、风格鲜明的时尚单品的原因，只要是在这里售卖的商品马上就会成为以最快的速度引爆时尚界的潮流圣物。

Colette

地址：213 rue Saint-Honoré 75001 Paris

电话：33-155353390

像 Coco Chanel 那般优雅地享受蒙布朗

逛完著名的购物街，回到杜伊勒里花园边这个弥漫着巴黎上流社会装模作样气氛的 Angelina 甜品店，那一百多年来保存得精致完好的雕梁横垣、服务生骄傲的表情、衣着端正的巴黎食客，搭配浓浓的热巧克力香味刺激着我和 Ikwa 的嗅觉和视觉。

每次到访 Angelina 都能感受到 20 世纪初那绝代风华的巴黎梦境，就好像跟随着伍迪·艾伦的马车穿越去了《午夜巴黎》中的场景。点一款当年香奈儿女士最爱的蒙布朗蛋糕，表面盖着一层条状栗子泥，里面是奶油馅料，最后以烤蛋白垫底，口感和味道都绝佳。如果觉得搭配招牌热巧克力太过甜腻，不如选一壶经典伯爵茶，慢慢感受这经历了百年时光却未曾流失的优雅与惬意。

Carrie 与情敌见面的最 chic 餐吧

看过《欲望都市》最后一季的朋友，不妨回想一下女主角凯莉随着俄罗斯艺术家男友移居巴黎，某日中午与男友的冷艳法国前妻共进午餐的片段。那个场景即是在这家名为 Kong 的餐厅拍摄的，这里也是今晚我和 Ikwa 特别预约的时尚用餐地。

在新桥附近 Kenzo 大楼顶层的 Kong，一直是巴黎时尚人士偏爱的去处之一。由法国鬼才设计师菲利普·史塔克操刀设计，六层是用餐区，一上楼映入眼帘的是一整片的玻璃天棚。餐厅内部使用了大量的透明亚克力和金属作为设计元素，并且融入了日本艺伎文化，充满了浓厚的东洋味。除了天花板上的整个艺伎画像，餐厅里的座椅都是史塔克设计的路易鬼魂椅（Louis Ghost Chair），模仿路易十五宫廷椅的造型，并在椅背上印制了不同的艺伎脸谱，交织出一种摩登的奇异观感，成为 Kong 的一大特色。这样的东洋氛围，衬着窗外的巴黎夜景，配合着 Kong 的日法融合菜系，好一个东西方交汇的异想空间！

用餐完毕后沿着旋转楼梯下到五楼，夜晚的 Kong 摇身一变成为 lounge bar（酒吧），大家或坐或站，在有限的空间里尽情地舞动身子，我和 Ikwa 也不禁加入其中。在巴黎，像 Kong 这样的时髦去处总是吸引着巴黎最时髦别致的人们，因此，想要看巴黎时尚的型男美女，Kong 绝对是一个最佳选择。

Kong
地址：1,rue du Pont Neuf, 75001 Paris, France
电话：33-140390900

3rd Day
不可错过的巴黎别样观光路线

塞纳河上的游船午餐

趁着早间的奥赛博物馆不用排长队，我和 Ikwa 用了一个上午参观了这座收藏着诸多印象派大师名作的“全球最美博物馆”。然后在博物馆门口的登船点，按照预约时间登上 La Marina 游船，开始了我们在塞纳河上的浪漫午餐，从不同的视角欣赏着不同的巴黎之美。巴黎圣母院、埃菲尔铁塔、荣军院、小自由女神像……这些著名的建筑一一出现，三道法式午餐搭配葡萄酒，满足了观光客对美景与美食同在的要求。

La Marina Boat Restaurant
地址：River Seine, Paris, France
电话：33-143434030

Montmartre
地址：地铁 12 号线 Pigalle 站下

Le Bara Huitres
地址：33 BD Beaumarchais 75003 paris
电话：33-148879892

走吧！去艺文高地寻找艾米丽

“这里的巴黎很巴黎！”Ikwa 用并不娴熟的中文形容着蒙马特高地。电影《天使爱美丽》里描绘的蒙马特，是地铁 12 号线的 Pigalle 站到 Jules Joffrin 站一带。艾米丽打工的咖啡店、食品店等都在此附近。我们一边在这一区域的石板小路上散步，一边找寻着电影里的氛围。艾米丽给尼诺打电话叫他出来的公用电话亭、位于蒙马特的圣心大教堂广场、有无数恋人合照的爱墙，还有怀旧的旋转木马，都成了这里的标志性风景。在经过画家云集的特纳广场时，不停被当地的街头画家拦下要求给我画像的特别经历到现在想来仍是有趣的回忆。在逛蒙马特时需要特别注意看管住自己的财物，这一带也是以小偷多出名的，特别是遇到要替你套上编织手环的黑人，记得要礼貌地避开才是。

坐在吧台上的生蚝大餐

为了安全起见，我们趁着天色还早，早早地从蒙马特高地回到了玛黑区。在 Ikwa 即将离开巴黎的前一晚，我们决定去到巴士底附近拥有最新鲜生蚝的海鲜餐厅大快朵颐。和所有巴黎的热门餐厅一样，这家餐厅的服务生见到我们说的第一句话便是：“是否有订位？”没有订位习惯的游客，唯一可以选择的便是吧台位。不过当整盘新鲜生蚝和各种精致烹调的海鲜大餐一一被端到我们面前时，“太值得了！”这样的感叹词不停出现在我们嘴边。

随时都有神秘派对的玛黑深夜

由于欧洲的用餐时间往往在九点过后，所以我们的每一次晚餐总是进行到深夜，为了消减食物带来的罪恶感，餐后散步成了在巴黎必需的深夜课题。在充满新鲜活力的玛黑区，不经意的饭后散步可能就会带你来到足够有乐趣的派对现场，要知道巴黎真正的时髦派对都是在一些隐秘餐厅结束营业后才开始的。

就像今夜，当我们路过 Le Dome Du Marais 时，遇到了我十分喜爱的配饰设计师 Yazbukey 正在这里举办一场香艳派对。被玫瑰花、鸟笼包围的米其林餐厅，在夜晚被打扮成了一个舞会现场，和装扮新潮的巴黎派对动物们一起度过的疯狂夜晚，也会是闺密旅行最重要的一场谢幕。

带回值得分享的礼物

临走前，Ikwa 正在为带给姐妹们什么礼物所犯愁。“来巴黎，没有比带回一盒马卡龙和姐妹分享更好的礼物了！”在戴高乐机场打包的 Laduree 不够有诚意，那不如选择带回一大盒师出 Laduree，拥有“甜点界毕加索”之称的 Pierre Hermé 的马卡龙。比起传统的 Laduree 的马卡龙，Pierre Hermé 没有那么甜腻，在口味上更具有打破常规的创新精神。他家的马卡龙经常跟随季节的更替推出新鲜的口味组合，也是《绯闻女孩》（*gossip girl*）中 Blair 口中“最爱的马卡龙”。六区的总店拥有最多品种的马卡龙和各种甜点，玛黑区的门店亦是巴黎唯一一家周日也营业的旗舰店。

Pierre Herme（总店）
地址：72, rue Bonaparte, 75006 Paris, France (Luxembourg)
电话：33-143544777

Le Dome Du Marais
地址：53 bis, rue des Francs Bourgeois, 75004 Paris
电话：33-142745417

艺文左岸的灵魂之所——圣日耳曼区

对我来说，“圣日耳曼大街”代表着巴黎，代表着左岸，和一种独特的精神，例如文学、知识分子、书籍、对于宗教的敬仰……不过它也同时代表着一种生活方式，例如餐饮，咖啡馆，好友，爱人……回归自我，以及一定意义上的自由。

——索尼亚·里基尔

就像是在 Café de Flore 的门口那些身着黑色礼服、手夹香烟的女郎一样，这一切都关乎个人的生活态度，而正是“圣日耳曼大街”创造了这种独一无二的态度。事实上我很庆幸自己属于这种“法国圣日耳曼大街女郎”的类型……至于“圣日耳曼大街”，如果你想要真正地了解我这位亲爱的“邻居”，就必须自己走进花神或是双偶咖啡馆（ Les Deux Magots），逛一下 La Hune 书店，然后买一些花，沿着街道散散步，为即将到来的艳遇做好准备……

圣日尔曼德佩教堂（Saint Germain des Pres）在第二次世界大战之后，变成了萨特、波伏瓦等哲学家，以及戈达尔、特吕佛等电影人聚会的地方，可以说是巴黎文化艺术的地标。他们最喜欢的聚集地“Lex Deux Magots”、“Café de Flore”至今仍存留着当年的氛围。在盛行高级定制的 20 世纪 60 年代，设计师 Sonia Rykiel 创立了同名品牌店，伊夫圣罗兰则创立了“左岸“（YSL Rive Gauche），这些都发生在这一区域。如今的这里仍是 Karl Lagerfeld 等一众时尚大师的日常出入地，总是在引领时代的新潮流，亦承载着巴黎左岸的艺文精髓。

EARE AND COMPANY
ANTIQUARIAN BOOKS
37
SHAKESPEARE
CHARLES
BUKOWSKI

Shakspeare & Company

从莎士比亚书店开始的左岸行进

“那是最好的时代，那是最坏的时代”，狄更斯的经典杰作《双城记》，讲的就是巴黎。巴黎的历史丰富多彩，但在最好又最坏的年代里，一定会有“莎士比亚书店”这一节。电影《爱在日落黄昏时》中的男女主角相逢于此，从此莎士比亚书店就像每部经典电影的发生地那样，被赋予了城市地标的意义。许多被电影感动的影迷也慕名来到这里，而“去莎士比亚书店看看”成为游巴黎不可错过的一环，于是，我在左岸的漫步也起始于此。

这座书店在文学史上的地位实在太高，以至于人们一提及它，就想到了20世纪二三十年代巴黎的黄金时代，于是把它说成是“世界上最美的书店之一”。假如你是个年轻而贫穷的作家，觉得自己有朝一日必成大器，还可以去他那里短住，就睡在二楼的书架旁边搭起来的小床上。不用付费，只要帮店主人打杂（同时忍受他的怪脾气）。此外，他还提供早餐，你则必须留下照片和作品，也许有天你会真的成名，他的这家书店就多了一项活见证了。

法国没有莎士比亚，却有最知名的莎士比亚书店

从巴黎圣母院出发往左走跨过一座铁桥来到左岸，沿河堤往左拐，就在与圣母院隔河相对的位置有一间书店，黄招牌，绿橱窗，这就是享誉世界的莎士比亚书店了。书店虽然只有两三尺宽的门面，但已然是读书人心中一座雄伟的巴黎左岸文化地标。

书店是左岸一道经典的文化风景，是巴黎灵魂中最敏感柔软的部分，所有关于这座城市的名人故事，街头巷尾的昨日旧梦，最后都沉淀在书的扉页上，当我推开莎士比亚书店店门的那一刻，就如同看到跃然纸上的巴黎往昔。

和装修现代的大书店相比，莎士比亚书店的确太不起眼。要不是门头上刻着莎士比亚的头像，初来这里的人很难相信这便是已经成为名胜的书店。绿色的门楣，黄底的店招，中间有莎士比亚的小像。橱窗里挂着大幅照片，硬汉海明威正朝我微笑。门外所有的空间都被利用起来，黑板上写着密密麻麻的书名；右边倚墙处有个一人高的书架，书架上方有一个睿智老者的画像，原来是《草叶集》的作者沃尔特·惠特曼；书店门口的空地上有三两个矮矮的特价书小书架，摆放得像几本打开的书；书架前有两个抱着吉他的年轻人正专注于自己的音乐，周围渐渐聚起了人群。

进入书店大门，也是一个并不宽敞的空间，四壁是到顶的书架，书架上的书挤得密密的；中央是一圈柜台，店员坐在里面收款，并在顾客买的书上盖上带有莎士比亚头像的印章。在优雅的大吊灯下，书与书拥挤相偎、互相温暖着。游客、读者纷至沓来，但书店里很安静。

一楼出售的多是新书，来不及一一看书名，但好像也不都是最新的、时髦的，也有很多长销名著：比如海明威的《流动的盛宴》、菲茨杰拉德的《了不起的盖茨比》，诉说着书店的历史渊源。转角处木头楼梯的台阶上有一块块圆圆的磨痕，大概是被络绎不绝的书迷、游客日复一日踩出来的。

楼梯右侧是儿童书区，《小王子》系列被放在醒目处。儿童书区的尽头有一方红色的幕布使那个地方看起来如舞台，不过舞台的主角不是人，而是书迷的各色留言和照片。世界各国的语言都在这个舞台上出现，还有不同颜色的脸孔，这是给世界书迷的一座舞台和纪念。

往里走，童书区的背后有一个小房间，里面有一架乳白色的钢琴，琴边有另一张小小的铺着猩红色床单的床——这张床大概就是传说中莎士比亚书店的最大特色了：书店免费为来巴黎的文化旅人提供床位，条件是必须每天为书店工作三四个小时，还必须每天读一本书。

我很想在没人时去小床上躺一下，试试感觉，不过踌躇半天，终于没有这样做。午后我再一次上来二楼，看到那红色床上赫然躺着一位年轻的金发女郎，四仰八叉，如同在自己家一样舒坦。我有点后悔，至少应该找个机会坐一坐。

楼梯左边，在进入靠窗内室的门楣上看到了书店的一句名言，早已被分享到了全世界：

“不要对陌生人冷淡，他们也许是乔装打扮的天使。”

内室的窗外有个小小的天井，充满童趣地排列着一些绿色植物和小玩意儿。过道一角，有个很小的工作间非常特别，布帘微拉，只有一台小打字机赫然在目。

从过道到靠窗的这一间，书架上的书变得不一样了——都是精装，要古老耐看得多！书后也无标价——后来我才从一张纸条上了解到，这些书正是书店最早的创建者比奇的珍藏，如今被收集于此成为一个纪念比奇小姐的图书室。不过，这批书虽然珍贵，但是每个读者都可随便翻阅，只是不出售。我心怀珍重，从中取出一本，在手里摩挲着，翻阅着。书里随意地夹着一张便条，上边以英文写着：“我正看到此页，请勿将此便条书签移走，多谢……”也不知是哪年哪月的读者，反正便条一直留在那里。

Shakespeare COUNTRY
BELLINI

地址：37 Rue de la Bûcherie, 75005
电话：33-143254093
营业时间：10:00 ~ 23:00

延续属于这里的创造性混乱思想

如果你想知道这家书店为何如此令人难忘，那么应该读一读 Sylvia Beach 的回忆录《莎士比亚书店》，读了它，你就知道书店对于一座城市来说有多宝贵。书店静静地藏于城市的某个角落，让城市经历的时代、人物烙印都刻在它的墙上、书上、相框上。如果想要读懂一座城市，一定要到它的书店，看一看印刻在书店里的人心和灵魂。因此有人说：去巴黎的人，可以不去铁塔，但一定要去莎士比亚书店。带我来到这边的当地友人碰巧因为工作关系认识书店的负责人，在得知我正在为自己的第一本旅行书取材后，爽快地答应了我们在店内拍摄的要求，同时也拍拍我的肩膀鼓励我的创作梦想。

莎士比亚书店的命名其实颇为随意，只因为莎士比亚太过有名气，Sylvia Beach 又经常在朋友嘴里听到，于是这个名字就被顺理成章地确定下来。比较起来，小姑娘倒是更钟爱身边的另一位作家乔伊斯，在其晚年写就的自传作品《莎士比亚书店》一书中，关于乔伊斯的笔墨极多。这家诞生于一战之后的书店，主要以出售英文书籍为主，当时的经营模式有点像文学沙龙，顾客可以买书、借书、旧书交换；书店会定期举办书友聚会，推介文学新人。

当时初到巴黎的海明威、尚在创作《尤利西斯》的詹姆斯·乔伊斯、还未成名的斯坦因等都是书店主人 Sylvia Beach 的座上客。曾经去那里的格特鲁德·斯坦因、乔伊斯、海明威、菲茨杰拉德等文学大师，当年却是带着被庇护的心情抵达这一伟大的书店。莎士比亚书店既是他们的流放地，也是他们的庇护所。

书店在“二战”之中由于受到纳粹的骚扰而关闭。1951 年，一个叫乔治·惠特曼的美国人在巴黎圣母院对面的 Bucherie 街 37 号开了一家售卖英文书籍的书店。像原来的莎士比亚书店一样，他把这家书店的二层辟为图书馆，书堆间还有床铺，成了文人聚会的场所，甚至是临时栖居地。画家毕加索、音乐家斯特拉文斯基、舞蹈家邓肯的加入使其声名远播，也吸引了更多文人墨客慕名而来。

后来，惠特曼在得到 Beach 小姐的同意后，正式把书店更名为莎士比亚书店，在他快 100 岁时交给了自己的女儿来打理，不过这个记录着巴黎大半个文化历史的书店至今仍保留着最初的经营理念和目标定位，一如既往地坚持只卖英文书籍，善待未成名作家，鼓励并支持着更多有文学梦想的年轻人。

和很多去莎士比亚书店的人一样，我也是带着朝圣的心情抵达的。在选了一些设计类的原文书后，窝在二楼一间小小的，只能放置一台打字机的隔间内坐下，轻抚着眼前这台看上去比我年龄大很多的打字机，想要触碰当时那些文学青年残留的印记，想象着海明威在《流动的盛宴》一书里，对这家书店女主人毫不吝惜使用赞美之词“那么愉快，那么热情，那么亲切……”的模样。就这样，边尽数作家们的名字，边沉入渐深的书影里，仿佛自己不是在阅读文字，而是在阅读这个城市的历史。这里孕育出的一位位文学伟人和一段段传奇故事，似乎都成了鼓舞我前进，直至完成自己第一个文学梦想的动力。

Metamorphoses

古董首饰与巴黎老太太

走出莎士比亚书店，在左手边转弯，便是一家家风情小店，一个人走在这里常常会拐进街边的这家古董首饰店，淘一些旧货，和这位英语并不是很流利的优雅店主比画着说几句。要知道在来巴黎之前，我已经被屡次告诫不要用英语向老太太们问路，因为对法语感到骄傲的她们永远不会回答你的问题。不过这位店主却消除了我对巴黎老太太们的成见。

我第一次来这里的时候，就被橱窗里各种年代的古董风格首饰所吸引，红珊瑚耳环、云母贝串成的项链、有着精美画像的项链……仿佛整个欧洲的华丽都浓缩在此。推门进去，昏暗复古风格的店内，到处都是这些复古首饰。玻璃柜中、人形立台上，按照戒指、项链、手镯、胸针细细分类，原石、猫眼、水晶甚至钻石，在披上具有时代感的精美雕工后越发迷人。

“都是真的哦！”这时一位气质优雅的老太太从背后走过来，“这些都是从法国甚至欧洲搜罗过来的珠宝，没有一款是复制的。”“我喜欢这个胸针，可以拿出来看一下吗？”“当然，这枚是在巴黎近郊淘到的，从这个花纹上看应该是中世纪贵族小姐的随身物。”店主人似乎对这里的每一个珠宝都十分了解。并没有很多客人的午后，她就这样，用她并不熟练的英语一一向我这个东方来客介绍这些宝物的故事。从她母亲那里接手的这家古董首饰店在这里已经过了大半个世纪，所搜集和贩卖着的珠宝则有着更悠久的历史，而巴黎的魅力就存在于这一家家被主人用心打理和珍视着的小店中吧。不过在这里看中的几件首饰售价都略微偏高，因为是第一次购买古董首饰，每一件都是独一无二的，因此更无从比价。“随时欢迎下次再来哦！”即使两手空空走出去，老太太仍然面带微笑地送我离开，也许她也一直在等待一个听她讲这些珠宝故事的异乡客吧。

后来我再次来到莎士比亚书店时，忍不住又去了这家首饰店，看到之前相中的那枚胸针依旧静静地躺在玻璃柜中。

在巴黎，我常常会被街上的老太太们吸引，就像这位店主这般，她们大多穿着质感很好的衣服，涂着艳丽的口红和指甲油，带着华丽的项链和耳环，手提香奈儿之类的包包，风姿绰约地走过。那种美丽和自信，毫不逊色于穿着简单牛仔裤和T恤顶着素颜上街的花季少女。即使年过六旬，她们仍经常出没在时尚的商场、酒吧和餐厅，享受时尚、音乐和舞蹈带来的乐趣。

有时常常会感叹，巴黎，没有年龄之分。在这里交朋友的时候，人们不会互相问年龄，只会问平时喜好，即使年龄差距很大也能成为无话不谈的朋友。这里也没有流行和落伍之分，每种文化都在这里得到很好的生存发展，就好像香榭丽舍的旗舰店内永远人满为患，而这家开在书店旁的古董首饰店也同样人来人往，经常有年轻人来淘货。时间这个概念，在此仅仅是人类为了管理世界所创造出的一个工具而已。

“好久不见，你又回来了？上海女孩！”看来这位店主仍旧记得我。
“请给我这枚马蹄莲胸针吧。我想它很适合我今天的大衣。”
“好的！今天的你很美丽。”
老太太今天换了一个新的口红颜色，依旧端庄而优雅。

L'Univers de Léo

带回我的铁塔纪念

地址： 33 Rue Saint-André des Arts, 75006
电话：33-143542092

埃菲尔铁塔，一直是我心中最爱的建筑，如此优雅迷人的城市地标，成了每一次来巴黎不得不经过的风景。很多年前，我曾和一个人约定，要一起到巴黎看铁塔，因为这也是他最爱的建筑。不过这个愿望随着两个人的分开而落空，成了一个遗憾。后来我因为工作关系多次来到巴黎，却始终抗拒站在战神广场，站在铁塔咫尺去端详这个建筑，也许是怕一个人看着铁塔时会想起那时两个人未曾兑现的诺言吧。

不过，出于对铁塔的热爱，我每一次来到这座城市的时候，都会在街边小店或机场买下一个铁塔摆设，渐渐地，我的床头已经被各种颜色和材质的铁塔占据。

每个人到巴黎都有的铁塔情结

埃菲尔铁塔——从学生时代便着迷的建筑，最初曾由一个美国工程师提出过方案，但由于当时的条件限制，方案被认为不可实现而石沉大海。1889 年恰逢法国大革命 100 周年，法国第三次举办万国博览会的时候提出要建造一个能象征产业化、现代化后法国形象的纪念建筑，公开招募方案后选择了桥梁工程师古斯塔夫·埃菲尔的设计方案。一个高达三百米的钢筋建筑，融合了埃及式方尖碑、罗马式凯旋门以及哥特式教堂三种元素。当时这个方案引起了诸多反对意见，对那些一直习惯于欣赏石造建筑或者是圆顶建筑的巴黎人来说，这个设计方案确实有些前卫。所幸当时政府还是如期开始了这个工程，在数千张局部图纸的帮助下，这个跨时代的建筑最终在两年后完工，而且没有分毫误差，成了世界上第一个能在短期竣工的巨型建筑。

铁塔竣工之后，法国著名的写实主义作家莫泊桑成了这里餐厅的常客，作为当时反对运动的先锋，当他被记者问到为何经常出现在此时，莫泊桑回答，“因为这里是全巴黎唯一一个看不到这座铁塔的地方。”那个最初被认为是“铁制怪物”的埃菲尔铁塔，在经历了一个多世纪的洗礼后，现在已经成为巴黎的象征，每天静静地伫立在巴黎市区，默默地看着塞纳河的流水。

如果你同我一样有着铁塔情节，那么圣日耳曼的这家礼品店，则是选购铁塔纪念品的最佳场所。从冰箱贴、明信片、书架到手链、餐桌垫、打火机，随处可见各种色彩和形式的铁塔，让我把无法兑现的许愿和曾经的美好记忆一同带回。

“我还在铁塔下等你。”
“对不起，我今天无法赴约。”
原来那一天，他有一个更重要的约会要赴。
铁塔的约定，始终无法兑现。

记忆中的铁塔还是很美，毕竟它曾在午夜时分如此灿烂过。那个曾经满载感动的铁塔，那个让人满怀期待的铁塔，那个在故事结尾并不完美的铁塔，都被装进行囊带回。

地址：1 rue Guisarde, 75006 Paris, France
电话：33-143547418
营业时间：周一至周六 10:30 ~ 19:30
网址：http://www.catherine-b.com/

Les 3 Marches de Catherine B

左手 Chanel 右手 Hermès 的二手店

如果你是法国品牌香奈儿(Chanel)和爱马仕(Hermès)的粉丝，那么到了法国巴黎，除了前往 Chanel 的康朋总店和 Hermès 的福宝总店“朝圣”之外，不妨考虑到位于 Saint-Germain-des-Prés 的二手精品店 Les 3 Marches de Catherine B 走走。

Les 3 Marches de Catherine B 有两个相邻的店面，左侧的 Les Trois Marches 以包包、饰品、丝巾为主，右侧的 Catherine B 多为服饰、鞋履及包款。今年迈入第二十个年头的这家店在巴黎古着市场有着不同寻常的地位，与一般二手精品店不同的是，在这里只看得到 Chanel 和 Hermès 的商品。一进店，果然不同凡响。就算是在 Chanel 和 Hermès 的总店也见不到这么多款包，还大多是经典款，有好多的 Kelly、Birkin 和各种尺寸的 Chanel。两个相邻的店面，都是展示柜从地面一直延伸到天花板，放满了包包、丝巾、饰品与服饰，从一对 150 欧元的 Chanel 耳环到超过 5 万欧元的鳄鱼皮 Birkin 都有，几乎可以说是一个小型的香奈儿和爱马仕博物馆了。

20 年前，Catherine B 为了能有一个独特的场所分享她所热爱的事物而创立了这家店，“的确是有许多优质产品，但我真的认为没有比 Chanel 和 Hermès 更好的品牌了，它们是我最热爱的。”在和 Catherine B 聊天时，她这样说道。除了这两个品牌全在法国制造，让同样身为法国人的她备感骄傲之外，她也提到，你无法知道所有品牌的一切信息，而因为对这两个品牌的钟爱，让她对这两个品牌的一切了如指掌，能够辨识出商品的真伪。不过她也坦言，经营这间店的 20 年来，遇到的最困难的部分就是要处理客户对店内商品真实性的质疑，但她敢打包票，她店里的商品全是货真价实，不可能找到假货。

Catherine B 得知我曾做过时装编辑后告诉我，她个人与 Chanel 和 Hermès 品牌维持着相当好的关系，甚至有时候品牌还会转介客户到她的店上找寻古董特别款。“所以如果真的很想购买 Birkin 或想收藏已经停产的小香和小爱，找你就对了！”我兴奋地朝她说道。

“可以哦！我所采购的物品，有很多最后都成为我的私人收藏了！对于要选择哪些物品，就看它是否真的吸引我。我个人特别喜爱 Karl Lagerfeld 20 世纪 90 年代的作品，所以通常都会选择那些单品来购买，还有八九十年代的 Birkin 和 Kelly。”

因为她的藏品数量早已超过两家旗舰店，也因为她对品牌的热爱与真诚，越来越多的时尚人士来到巴黎时都会去她店里转一下，因此在她的贵宾名单上少不了法国名模 Ines de la Fressanges、美裔法籍时尚评论家 Diane Pernet 和 Paris Hilton 这些时尚圈的风云人物。所以，下次来巴黎如果要找 Chanel 和 Hermès 这两家的单品，不妨先来下 Catherine B 的奢华小集市逛一下。

Cire Trudon

找到 Diptyque 以外的新“家香”

在煤油和电被发现之前，世界的光明，除了靠着太阳与月光，就是蜡烛。

我自认是对气味敏感的人，所以每次出行总会在行李箱内放上一瓶香氛或者一个蜡烛，入住酒店后第一件事情便是为房间换上自己熟悉的香味，好像只有这样才有足够的安全感。不过在巴黎的旅行，我并没有把这些香氛放进行李箱，因为这里有着最古老的蜡烛店售卖个性独特的味道，从 Diptyque 到 Cire Trudon，期待着在这里找到新的“家味”。

为上帝和国王服务的蜡烛匠

在很长的一段时间里，照亮人类漫漫长夜的微光来自蜡烛。作为世界上最古老的蜡烛制造商——Cire Trudon，它蜡烛的火光已经燃烧了四百多年。它曾经跳动在凡尔赛宫里路易十六和玛丽皇后的枕边，见证了拿破仑获得新生儿的喜悦，也平静地送别设计大师圣罗兰最后一程。而告诉我这个品牌历史的人，也将我从圣日尔曼大街 34 号的 Diptyque 带到了塞纳河街 78 号的 Cire Trudon 总店，“换一种香味，也换一份心情。”

Cire Trudon 的成名之路始于 1643 年，法国商人 Claude Trudon 娶了巴黎一家杂货店老板的千金，而店里售卖的重要商品就是蜡烛。在当时，蜡烛仅供皇宫和教堂在夜间使用，是平民无法接触到的奢侈品。Claude Trudon 在成为专业的蜡烛工匠后，成立了“Cire Trudon”品牌，并将蜡烛制作技术传给了儿子 Jacques，直到其受雇进入凡尔赛宫。自此，Cire Trudon 成为法国皇室的御用品牌，从路易十四到路易十六都是 Cire Tudon 的拥趸。之后 Trudon 家族也为法国境内重要的教堂提供烛火，2008 年设计大师圣罗兰过世时，葬礼在巴黎圣洛克教堂（Église Saint-Roch）举行，甚至法国总统萨科齐夫妇都来送这位传奇人物最后一程，而整个场地中数不清的蜡烛，都是 Cire Trudon 的产品。

直到现在，每个 Cire Trudon 的蜡烛包装盒上都印有三个嘉许的奖章，分别是路易十四和拿破仑的徽章，以及在 1889 年万国博览会 (World Exhibition) 上获得的金奖印章，这项殊荣也代表了 Cire Trudon 不可替代的崇高地位。蜡烛标志性的绿色香槟筒形玻璃罐，每个都出自意大利老城 Vinci 的玻璃工匠之手。瓶身上贴着法国最古老的香槟厂 Gosset 所制的金色浮雕印章，与工厂石碑上的铭文一模一样：“它们为上帝和国王服务。”

最爱情人香

圣日耳曼区的这家店内陈列着 Cire Trudon 所有的产品系列，从限量版的烛台到玛丽皇后雕像蜡烛，那些只在代购网站上出现的经典款和新款都可以在这里一一找到。而亲自到这里的最大好处就是可以靠自己的嗅觉觅得一款让我感觉安逸的“新家香”。礼貌的店员对于我这位东方来客十分热情，讲解着我选中的香氛背后的故事。

Cire Trudon 蜡烛的原料最初取自蜂巢，到现在采用椰核、大豆、棕榈等纯植物油，始终坚持不使用人工石蜡。我在选购蜡烛时除了闻味道，另一个坚持是蜡烛芯一定要百分之百纯绵线的，这样的蜡烛燃烧起来不会噼啪作响，火焰不会晃动，也完全没有烟雾，更不会有焦味甚至痕迹出现。当然关于这点，店员告诉我大可放心。

我最后选了两款香，巧合的是竟然都是皇室情人的挚爱，店员说那是极致女人的香味，像极了我给他的印象。“Mademoiselle de la Valliere”有浓郁的晚香玉气味，得名于路易十四最钟爱的情妇 Mademoiselle de la Valliere，她最爱的花卉是晚香玉。每次只要两人幽会，寝宫内外都会摆满晚香玉。而“la Marquise”则是马鞭草和玫瑰香的混合气味，是献给路易十五的情人 Pompadou 夫人的，调香师用白色小花、玫瑰、柠檬草和马鞭草调配出开心愉悦的气味，借以重现她当年的时尚气质。

回到巴黎的住处后，点燃新买的 la Marquise，一股清甜蜜蜡的自然香气随着火焰飘散在空气中……今夜，伴着新“家香”在异地入眠，仿佛那些不愉快的记忆和经过都会散去。

地址：78, rue de Seine - 75006 Paris
电话：33-143264650
营业时间：**周一到周六**：10:00 ~ 19:00，**八月周一休息**
网址：http://www.ciretrudon.com/

Laduree Cafe

无法留住的甜蜜

无论是在香港、台北，还是东京，风格华丽梦幻的 Laduree 都是我钟爱的下午茶首选，而每次来巴黎亦不能错过在这里和本场的法式甜品约会。从最初对蔓越莓口味马卡龙的执念到后来对他们家经典甜品和茶品的迷恋，每次在这进行下午茶都会选一种新口味的蛋糕配上一壶未曾尝试过的茶，抱着厚厚的、经典的粉绿色菜单，坐在装修风格各不相同的巴黎分店内，依据当天心情选出自己喜欢的甜品，这个过程本身就是个愉悦的经历。

你会不会突然地出现，在街角的咖啡店

我在巴黎的下午茶时间总是围绕着 Laduree 展开，无论是 Royale 大街 18 号那家 1862 年的创始店，还是香榭丽舍大街上由酒店改造的豪华风总店，抑或是圣日耳曼区略带亚洲风的分店，每一家咖啡都留下了遇见的痕迹，也似乎见证着我的欢愉与感伤。

左岸 Bonaparte 街角的 Laduree，我曾与他甜蜜地牵手走入，聊着我们的过去与现在，旁若无人地注视着对方的双眼，连一直被抱怨太过甜腻的玫瑰蛋糕都不及当时空气中的甜蜜。这次在巴黎一落地便和女友约在了香榭丽舍的 Laduree 见面，将这大半年的想念与惊喜迫不及待地分享给当地的友人，策划着一个大大的惊喜。不过谁又能想到，不过三日，重返圣日耳曼区的这个街角 Laduree，心情会如此低落，满怀着满桌甜品都无法拯救的悲怆感。我尽量说服自己，这只是一时的情绪波动，人在极度无助时才会将悲伤的情绪无限放大，这就是所谓的失恋感伤吧。

其实爱情，并没有我们回忆中的那么美好，是我们未死心的浪漫把它过度美化了，以至于忘记了分开时的歇斯底里和卑躬屈膝。其实伤痛，也并没有我们感受到的那么深刻，是我们太放纵自己沉浸在悲伤的情绪中了。大部分人在失去爱情的时候，可怜的不是爱情本身而是顾影自怜而已。终有一天，等时间平复创伤，我们还是会怀念起那段爱情的美好，忘记当时的疼痛，留在记忆中的爱情，还会如面前这颗 Ispahan 般有着娇艳浪漫的外表，入口满嘴芬芳甜蜜。

不知是何时养成的习惯，越是情绪低落越是需要补充糖分。虽然之前觉得 Laduree 的经典甜品对于国人而言口味有些过甜，不过那刻的我确实大口挖着 Ispahan 蛋糕，贪婪地补充着糖分，化解着内心的悲伤。这家百年老店的招牌马卡龙外壳酥软相宜；中间夹着的奶油和新鲜覆盆子融合得恰到好处；顶上撒着的玫瑰花瓣异常浪漫……从外形到口感都是一款治愈系的甜品。坐在同样的窗口看着窗外从未改变过的风景，让自己慢慢接受这样的改变，不再期待熟悉的身影出现在街角，心情渐渐平复过来。

打包一盒马卡龙，走出店门，离开这个还残留着幻像的街角，脑中浮现出 Ikwa 前天离开时说的那句话："下一个转角，是走出去就会有新鲜事情发生的转角。"女孩儿，在这个氛围华美的甜品店中，靠着这颗经典的 Ispahan，走出了失恋的情绪。

圣日耳曼区地址：Laduree Bonaparte, 21 Rue Bonaparte - 75006 Paris
营业时间：周一至周六 8:30 ~ 19:30

XL girls 的时髦休日守则 NO.05

阅读，不再是孤独的旅程

书籍，是我在旅途中不可或缺的旅伴，因为有了这些可爱的对话者，我的旅行永远不会感到孤独。我总是根据飞行时间来决定带书的多少和种类，国内的短途出差带一本散文或短篇集即可打发往返飞行的时间，而飞往欧洲的长距离旅行则需要准备两三本长篇小说才能扛过十几个小时的机舱时间。好在欧洲到处都是风格鲜明的独立书店，不愁回程的飞机上没有旅伴。在此淘到难得一见的设计书和摄影画册便迫不及待地在路边找个咖啡馆翻阅起来，这也是为什么欧洲那些著名书店旁边总会有这么几家更为传奇的咖啡馆吧。每到一个城市，我都会去当地的独立书店转转，寻找下一段旅程的新“伴侣”，同时也带走对这座城市的记忆。

MAGAZINE
SPECIAL MODE ET DESIGN
Magazine
MAGAZINE
STYLE, MEDIA & CREATIVE INDUSTRY
MAGAZINE
SPECIAL MODE ET MEDIA

LA LUMIERE DE PARIS
TEXTE DE PIERRE ASSOULINE
LA LUMIERE DE NEW YORK
JEAN-MICHEL BERTS
JEAN-MICHEL BERTS
HAMPTONS GARDENS
THE LIGHT OF NEW YORK
THE LIGHT OF ISTANBUL
THE LIGHT OF VENICE
LA LUMIERE D'ISTANBUL
LA LUMIERE DE TOKYO
A PRIVILEGED LIFE
HOTEL STORIES
THE LUXURY COLLECTION HOTEL STORIES
Hôtels
PETITES HISTOIRES DE GRANDS HOTELS
HOTELS
ST. BARTHS
IN THE SPIRIT OF ST. BARTHS
LIFE AS A VISITOR
CANNES
GYPSET TRAVEL
CAPRI
BVLGARI
ASSOULINE
BECKER VANITY FAIR
Natures mortes
CRAFT COCKTAILS
ASSOULINE
DOMESTIC ART
Condé Nast Traveler PHOTO-
CONDÉ NAST TRAVELER ROOM

Assouline

被包装成礼品的书

"生活的方式有多少种，读书的方式就可以有多少种！"

推开第六区书店门的人

在巴黎走进多少家不同的书店，就可以感受到多少种不同的巴黎表情。在这样的城市，随意拐过一个街角，就能与一家特别的书店相遇。而越是巴黎式的书店，越是开在不起眼的小巷子里、咖啡馆旁边或者是塞纳河畔的某处，书店最密集的就是左岸的第六区。左岸六区的书店各具特色，贩卖的图书类型从漫画、电影、音乐，到设计、烹饪和占星，早已成为左岸最经典的一道文化风景。书店的门面一般不是老旧，就是狭窄，推开每一扇巴黎六区小书店的门，就如同看到了一个最真实的巴黎，亦能在里面发现许多文人往事。

在巴黎买书的人大致分成两种。一种是去大众书店买书的，如去巴黎连锁书店 Fnac、香街上的 Virgin Megastore 或者左岸的 La Hune。他们是大众文化的消费者，喜欢看新书。另一种人则是喜欢淘旧书的，他们去的地方就完全不一样了，有塞纳河畔的旧书摊，如莎士比亚书店；或拉丁区几家出名的二手小书城；还有一些只有"内行人"才知道的藏在某区某角落的小书店。他们所追求的，是那些正在慢慢消失的历史痕迹。

时尚的不仅是书，还有书店

不过来到六区 Assouline 书店的买书人却还有另一种可能性，即爱好收集礼品书的一群人！ Assouline 店的主人就是法国出版界大名鼎鼎的 Assouline 出版集团老板，在这里不仅可以找到许多时尚、设计、旅行和艺术方面的书籍，更有许多价格昂贵、包装精美独特的礼品书籍，这家店也成了巴黎书店中的奢侈品牌。对摄影、时尚画册情有独钟的我，常常来这里翻阅新作和经典，不过高昂的售价确实需要购买者有足够的勇气和心动。纠结许久决定回国前还是要带回几本厚重的礼品书当作经典珍藏在家里的书橱内，或者当作生日礼物送给同样喜好时尚书籍的朋友。出于这样的想法，走在 Bonaparte 街上的我忍不住推开 Assouline 书店的门。

位于 Bonaparte 街 35 号的 Assouline 书店的玻璃门门把据此被设计成 3 和 5 两个数字弯成的雕花把手。书店内是一个异于通常概念的书店氛围，各种类别的书籍画册被包装成各种礼盒和木箱：一本戛纳电影节的画册被装进了电影胶片盒，巴黎著名巧克力店的书配上了一罐美味的巧克力，还有做成旅行箱形状的一整套时尚书籍，整面墙的书架上藏有播放着书籍内容的小电视，新上架的摩托车系列书被放在摩托车模型下方，各种“Assouline”自家设计的骷髅头或者扑克牌花色的笔记本，各式图案文字的玻璃纸镇……这样的书店氛围其实贩卖的不仅仅是一本设计完美的书，还有一种名叫阅读的时尚生活方式。在这里购买的书，除了书籍本身之外更多了一份精致生活的感觉，作为礼品送出的同时，也送给了对方一份被艺术打动的心情。

当然，如果你和我一样，一边欣赏一边抱怨这里的时尚书太贵，买书仅为了自己收藏阅读的话，不妨去同在六区一条窄巷内的 Taschen 设计书店内淘一下。这家书店出自法国设计鬼才 Philippe Starck 之手，完全打破了一般书局的沉闷死板印象，桌椅造型奇特，书架以花色雕刻的茶色玻璃点缀，散发着独特低调的时尚气质。每个在巴黎学设计的人几乎都知道这里，即使对 Starck 的设计无所谓，也不能对 Taschen 图书的低价和多种类熟视无睹。这里是他们淘便宜的专业书籍和时尚、设计类新书的第一站，也是继 Assouline 之后又一家主打时尚设计主题的书店。

地址：35, rue Bonaparte ,75006 Paris ,France
电话：33-143292320
营业时间：周一：12:00 ~ 19:00
周二到周日 10:30 ~ 19:30
网址：http://www.assouline.com

La Hune

杜拉斯公寓街口，从 Dior 到书店 La Hune

学会在巴黎淘书

在巴黎失恋的日子，我要感谢我那些在巴黎的书虫朋友，为我绘制了一张巴黎书店地图：社会科学类图书要去拉丁区 Rue des Grandes Ecoles 的 Harmattan 书店；找英文书籍可以去卢浮宫旁的 W.H.Smith 英国书店或是歌剧院路上的 Brentano's 美国书店；有名的 Entree des Artistes（舞台之门）电影书店位于蓬皮杜艺术中心附近，可以在那找到原版和复制的电影海报、剧照和专业电影书籍；索邦大学附近的 Album 漫画书店是漫画书种类比较齐全的一家；Bon Marche 百货公司的附近就有“占星名店”Inconnu；想要学汉语或是看中国小说的话，可以去巴黎的最老的汉语书店，Boulevard Sébastopole 上的凤凰书店。这一长串特色书店名单加上巴黎的各大美术馆，足够让我轻易地用艺术和阅读分散注意力，打发时间，也借此好好观察了巴黎的书店，当然后果就是超重的行李。

巴黎大部分都是没有分店的中小型书店，而且经营地点和规模也很少改变，这一点当然得益于巴黎是一座受保护的城市而不是建设中的城市。不同书店架上图书的排列方式出奇一致：所有的图书在架上均按作者姓氏字母由 A-Z 排列，每本图书的陈列一般不会多于两册，因此看上去书店和图书馆并没有太大的区别。仔细想下，这样的排列既方便了读者找书、店员添货，又使品种的丰富度不会受到店面规模的限制。于是，在多数情况下，当我在书架前浏览时，店员总会礼貌地说声 pardon（对不起），因为不得不随时去调整那些被读者摆错了位置的书。

我要的书在这里都能找到

紧邻 Assouline 这家礼品书店的便是巴黎最有气质的老书店——La Hune，这里据说是巴黎藏书量最多的书店，杜拉斯以及杨安德拉的书都可以在里面找到，甚至还有李白、白居易、苏东坡等人的法译本诗书。书店正好位于杜拉斯当年的巴黎公寓所在的 Saint-Bonoit 街的入口，这条路非常之短，与这个城市最著名的两家人文咖啡馆“花神”和“双叟”只有几步之遥，那些曾经在咖啡馆里出现过的名人们的作品，最后都聚到了这家咖啡馆旁边的书店里。

“想不到吧，这里曾经是 Dior 的旗舰店，现在成了书店，而且是巴黎时尚书种类最齐全的书店。”通过 Century 的解说，我终于明白店内外装修如此华丽优雅的原因了，“我每次淘书都会先来这看看，想要的基本都能找到！”

果然，从收录了让时尚大帝 Karl Lagerfeld 当时气得要封杀 Colette 的 Saint Laurent 的八卦书《美丽的人》（*Beautiful People*）到王家卫的电影书籍、杜拉斯的所有系列，在这里都能够按照区域轻松找到。营业到凌晨的这家书店，也是所有名人和夜归族们的最爱，我和 Century 在吃完晚餐后又回到这里，淘了两本书后摸着吃得饱饱的肚子和被塞得鼓鼓的包袋，走出书店已经凌晨。

此刻的圣日耳曼大街顿时像换了一片天地，感觉好像闯进了某个古老名著里的一页。小街两侧有许多已经关了门的书店和咖啡馆，街道上少有行人来往，大概来这里的人都有归属，很少有空虚无聊的人在路上东游西逛。在喧嚣的巴黎市中心，这里的夜倒成了一片“静”土。

书店正好位于杜拉斯当年的巴黎公寓所在的 Saint-Bonoit 街的入口，
这条路非常之短，与这个城市最著名的两家人文咖啡馆"花神"和"双叟"只有几步之遥，
那些曾经在咖啡馆里出现过的名人们的作品，
最后都聚到了这家咖啡馆旁边的书店里。

地址：16-18 Rue de l'Abbaye, 75006 Paris, France
电话：33-145483585

Le Bon Marche

在富人百货内买到你的设计

“我的第一个设计系列会在 Le Bon Marche 展示和出售！”当 Century 激动地向我宣布她获得了法国高级定制珠宝比赛冠军，并且得到了 Christian Lacroix 的颁奖和 Le Bon Marche 的赞助时，我竟然激动地流下了眼泪。因为知道一个华人在巴黎这个国际舞台上夺得第一是多么来之不易；因为在巴黎最好的朋友终于在她离开这座城市前实现了坚持了五年的梦想，更因为这第一笔赞助和肯定，竟然来自这座巴黎有钱人最热衷的购物首选地 Le Bon Marche！

驻足在巴黎富人们的百货店里

虽然 Bon Marche 在法语里是便宜商品的意思，但是巴黎的 Le Bon Marche 百货商场可不是一般的便宜商品市场。位于巴黎左岸最豪华最富有的巴黎七区，巴黎人或有钱人最喜欢出入的商场就是 Le Bon Marche 百货商场了。

从 1838 年开业起，Le Bon Marche 就是一个很现代而时尚的商店，1850 年扩展成为大商场，与巴黎的另两大百货春天百货和老佛爷相媲美。相较后两个商场的顾客群大多是来法的世界游客，Le Bon Marche 却一直保留着浓重的法国气息，顾客一般都是地道的巴黎人，明星大腕更是这里的常客，说不定一不留神就跟明星擦肩而过了。

其实这个商场是 LVMH 老总亲自买下的商场，所以在整个装修风格和买手选款上更像一个大型的买手店，罗列着他个人看好和喜欢的设计师品牌。商场内的各个柜台不仅涵盖了时装、室内家具装饰、美容美体、书籍影像等高档商品，还会时不时地举办现代文化或艺术作品展览，这些活动无疑开创了艺术文化与商业融合的销售先河。一层周围被奢侈品环绕，中间是新锐设计师的包和配饰，同层的香氛区域覆盖着欧洲大部分专柜和沙龙香水品牌；二楼的女装区以巴黎当地设计师品牌为主，鞋履区亦精选了各大品牌的经典和热销款式；五层的家居生活区域也总是让人忍不住驻足，红酒和茶叶区域的优惠价格和丰富种类也是出人意料。这里对于游客而言还有一个非常方便之处，就是可以直接在顶层退税，不用到机场排长队，果真是好便利。

把梦想做成商品

这里是我和 Century 在巴黎最喜欢的血拼地，少了春天百货或老佛爷的喧嚣，有的是一种舒适与宁静，可以很惬意地在音乐的伴随下选购商品，不会有人挤人的场面，各大品牌的款式也比较齐全。最爱商场中央的设计师配饰区，每次都可以让我们仔细地逛上大半天，想到不久之后 Century 的作品就可以和这些国际知名设计师们的放在一起陈列，满满的骄傲感油然而生。

还记得再次在巴黎遇见她时，为她毅然放下上海经营的一切来这里追寻梦想的勇气所惊讶，坐在这家商场的咖啡厅里听她讲述独自一人在这里生活和学习的种种辛苦与文化差异带来的各种不适应和不便利；在她被通知入选比赛，得知竞争对手都是来自各大品牌的保送生时突然的犹豫；凌晨在微信上互相给彼此打气；初见她设计稿时震惊于高级珠宝也能如此个性和充满力量；当然还有得奖后给我打来的第一个电话，兴奋得让我们两个人都湿了眼眶。

她感谢自己的坚持，亦感谢这个乐于帮助年轻设计师完成梦想的百货店。这个关于梦想的故事，也许正因为发生在巴黎才会缩短实现的时限，这座城市不仅是全世界热爱时尚人士的梦想之都，也是能够给予时尚梦想实现可能的机会之都。在这座城市中有很多像 Century 这般怀揣梦想与才华的时尚设计师，他们通过一次次的机会与试练，一步步接近着自己的目标，将自己梦想的形状变成商品贩卖给那些懂得并爱着时尚的巴黎人。

走出 Le Bon Marche，有个小公园，要是天气好，可以在这里小憩一下，感受一下这个巴黎富人区不同的氛围，当然要小心满地的狗屎和到处乱撞的小孩。巴黎人将奢侈品和生活放在同一个社区，在日常中平衡着物质和细碎，一切都只是巴黎生活的日常。

地址：24 Rue de Sevres,75007 Paris
营业时间：周一至周六 10:00 ~ 20:00
周四和周五 10:00 ~ 21:00

Yellow Korner

可以带回的艺术影像

巴黎林立着各式美术馆，所有馆内都贴着禁止摄影的标识。那些艺术品安静地躺在美术馆内，仅供观赏的标签让他们成为遥远的作品。在美术馆内的商店购买喜欢的名作明信片或冰箱贴，是我唯一能把这些艺术品带回家的方式。在多种艺术形式中，装置艺术和摄影是我最喜欢的，所以巴黎装置艺术博物馆、蓬皮杜，和可以买回影像艺术的 Yellow Korner 都是我每次来到巴黎时的必经之地。

五百分之一的缘分

在做时装编辑的这几年，我认识了很多有才华的摄影师，受这些人的影响，对摄影从最初的纯粹欣赏到现在的共同参与，一点点爱上了这种艺术形式。对于那些有着自己坚持和风格的摄影师拍摄的具有感染力和创造力的摄影作品，我都会忍不住想要收藏起来。

对于喜欢影像艺术的人来说，这里无疑是一方乐土。有着全球限量的、别具风格和创造力的艺术摄影作品供人收藏，是提倡“让艺术融入生活”这个理念的先驱，拉近了艺术摄影与大众之间的距离。

其实这家售卖摄影艺术的艺廊开始于十年前，由两位法国艺术爱好者创立，旨在介绍世界各地充满才华的摄影师，展出由当代摄影大师如 Yann Arthus-Bertrand、Dorothea Lange、Man Ray、 Jean Dieuzaide 以及一些艺术摄影的后起之秀的艺术作品。

为了将摄影艺术家作品中的色彩和感染力以最传神而完美的方式表现出来，所有 Yellow Korner 的艺术摄影作品均由著名的专业冲印公司冲印，每张作品上都印有编号，同时附上由艺术家签发的证书以确保其真伪和质量。每张也都有不同大小的照片格式（从 20×20cm 至 120×180cm)，而每种格式均设有相对的数目限制（分公开版和 30、200 或 500 份的限量版）。

一层的自然动物摄影作品很多感觉就像出现在国家地理杂志之中的那些或灵动或大气的画面；二层则是我喜欢的人文和人像摄影，有关于战争、明星的经典画面，也能看出早期的一些时尚风格。不知道时间过了多久，我一栏一栏地翻阅着这些按照摄影师名字或影像类别被分类在不同柜子里的影像作品，想象着当时镜头后面那双眼睛想要捕捉的风景，想要传达的图片灵魂。

摄影作品之所以迷人，是因为那仅仅瞬间的记录，能让按下快门的捕捉者和看到这张影像的看客产生共鸣。专业人士从构图、灯光和后期角度去寻获和评判心头之好，非专业的浏览者仅仅凭借双眼所接受到的画面去感受这张作品。爱好摄影艺术的人们，总会被有灵魂的作品所吸引，不自觉地揣测着这个定格瞬间背后的故事，一旦被打动就想将这样的感动珍藏起来，这也是影像的魅力所在。

因为每一张作品都是限量，所以如果可以在这里邂逅能够打动你的那一张影像，也算是得到了一份五百分之一的缘分。

地址：40 Rue de Buci, 75006 Paris,
电话：33-143540401
网址：yellowkorner.com

Dominique
UNE FLEUR
FREDERIC

Frederic Malle

有没有一种香，是爱过了的味道?

爱香的人，对香水有多种定义，也有各自挑选香水的准则。从时尚的角度，她是服装的另一种表情；从岁月的角度，它是一种气质的传递；从爱情的角度，它是一段关系的记录。

记得最早对香水开始有执念，是在学生时代阅读痞子蔡那本畅销书里对女主人公出门前喷洒“香水雨”的那段描述，于是，那时的我心中对香水的最初认识就是约会的前奏曲。第一次约会时的清雅茉莉花果香，热恋期带着玫瑰味的麝香，吵架时候的东方辛香调，稳定期可以是略带琥珀味的檀木香，还有这刻我需要寻找的，适合失恋的那一款香味。

“香水出版商”中关于爱情的味道

这几年对香水的迷恋，渐渐从专柜的商业香水转向更少会与人“撞香”的沙龙香水。如果说每一种香都代表了一种心情，那么在更注重调香师本身自由发挥的沙龙香水中，似乎更能找到当下的一种情绪。因为对“香水出版商”这个头衔的好奇，我找到了圣日耳曼区的这家 Frederic Malle 香水沙龙，想看看在这位当年作为 Dior 首席调香师、创造过多款经典女人香的调香大师用毕生精力打造的这个香水品牌，汇集了数十位来自各个顶级品牌的调香师研发的各种个性香味中是否可以找到这样一款香水，关于已经逝去的爱情。

店内最先跃入眼帘的是墙上挂着的九位世界级调香师的照片，下方整齐陈列他们为这个香水沙龙调配的数十款香氛。店内角落里圆桶状玻璃柜般的装置吸引了我，正在我研究这个奇怪装置时，有人轻轻打开了上方的一扇小门：“这是可以闻到香水前香、中调和后味的装置。”说话的是位拥有俊朗笑容的法国大叔，“这个是我们店内独有的设备，为了让客户更好地了解香水的味道。”贴心又专业的设计，更增加了我对香水本身的好奇心。

“我想要找一款香，适合失恋的香味。”

可能是第一次听到这样的需求，法国大叔稍愣了一秒，转身在桌上的那列香氛中找出一款：“Angeliques Sous La Pluie，这是一款先辛辣后淡雅的自然香调，主要是由芫荽、当归、麝香、雪松调出的香味。任何伤痛都会化为平淡，而这正是能够让人感到平静的香味，用心感受下吧。”他用将香水喷在试香纸上交给我。

刚喷出的那一瞬，味道略有些冲。接过试香纸的瞬间，前调的芫荽很快散开，一股绿意迅即而至，不张扬，淡淡的，细细萦绕，伴随丝丝木香，一点一点沁入鼻端，道不尽的舒服。之后，伴随着甘甜，麝香融进来，带来干净的淡薄暖意，细腻地散发，整体变化十分平和，让人犹如置身于宁静悠远的大自然之中。

“后调比前调舒服多了，是越闻越好闻的那种。先苦后甜，治愈失恋的感觉！”回来后查阅这款香水的中文名字，雨后当归，果然在被爱情雨狠狠淋过之后的平静，愈显珍贵。

“我再给你闻一个味道吧，”看到我满意的笑容，法国大叔又拿出了一瓶香水喷在试香纸上，“Le Parfum de Therese Theres，这是现代香水之父 Edmond Roudnitska 在 50 年代初为他妻子打造的专属味道，也是我心中爱情的味道。”

法国男人似乎天生懂得那些调情和浪漫的说辞，听着他的介绍，接过他手中爱情的味道，最初是淡淡的柑橘气息，一会儿就被新鲜活泼的果味替代，甜美可人。之后是玫瑰和紫罗兰，带出微微粉感，一丝淡薄绿意的花香气息，夹着微微的香辛感，最后由雪松、皮革的融入做延续，迷人优雅。闻着的同时似乎也明白了他所说的爱情的味道，果味明显的前段，甜蜜而幸福，之后转变为大人世界平静的中后味。轰轰烈烈的爱情总会归于平淡，而这份平淡并不意味着失去，而是爱情的最高境界，犹如一首情歌，一缕香气的余味，那样余音袅袅……

“先是甜蜜，后来平静而优雅，平平淡淡才是真。谢谢你对爱情的建议！”

“能够细心品味香氛的女人，会拥有美好的爱情。”

付款后看着他取出这两款香氛，是书的包装，背后有两位调香师的照片和简介。把香水当作一种文化去雕琢和出售，这就是这位香水出版商最大的魅力所在吧。打开书籍纸盒包装，取出雨后当归，学着小说里女主角的样子将香水喷向空中，闻着让人平静的香味，有些情绪正在被治愈。

爱，过了，就好。

地址：37 Rue de Grenelle, 75007 Paris, France
电话：33-142227640
营业时间：11:00–19:00
网址：http://www.fredericmalle.com

DE L'HOMME

Le Procope

拿破仑帽子下见证重逢

一直相信旅途中的遇见都是注定，缘分的奇妙因为旅途而变得更加真实。我和巴黎最好的女朋友 Century 的重逢似乎就是旅行的礼物，而这家被法国人认为拥有最长历史的餐馆亦成了我们这次相遇的地点。

这里是艺术与文学的约会

Le Procope 躲在拉丁区圣日耳曼大道后的小巷里，店内是枣红的色调，处处摆着有历史感的经典艺术品，挂满油画的走廊，弥漫着咖啡香的空间。时光逝去三百年，它仍保留着古朴典雅的传统。Le Procope 餐厅，严格地说，它应该叫“Le Procope 咖啡馆”，1686 年，来自意大利西西里岛 Palerme 的 Francesco Procopio dei Coltelli 先生开起了这家咖啡馆。这里的饮品和冰糕都美味无比，环境优美且紧邻法兰西大剧院，因而很快便成了名流们聚会的必选之地。

作为世界上第一家文艺咖啡馆，在长达两个世纪的时间里，那些文坛、艺术圈或者政界的大大小小的人物都以光顾这里为乐。在 Le Procope 的老主顾名单中，赫然列着众多法国文坛巨匠，伏尔泰、克雷比雍、卢梭、狄德罗、达朗贝尔、丹东、马拉、罗伯斯庇尔、波拿巴等等。据说，伏尔泰在巴黎写作时最爱到这里来，并且每天都要喝上四十杯咖啡；店门口那顶拿破仑的帽子，是当年他来此用餐后忘记带钱而留下的抵押品；三层还保留着肖邦的手信。

另外一个让人意想不到的地方是卫生间。与其说是有特色，不如说它的叫法很有 18 世纪的特点。它不是一般的写法“Toilettes”，也不是什么“WC”，而是“Commodité”，此词的意思就是“方便”。门前分别用“Citoyen”（男公民）和“Citoyenne”（女公民）来标志，如此男女平等的标识真是带有十足的法国大革命的味道。在当时那个男尊女卑的皇权时代，谁又能想到现今法国的大部分消费都是靠女性来拉动，从奢侈品到化妆品，“女为悦已者容”的年代渐渐成为女性意识和自我价值越来越高涨的时代。

也许是因为女性地位的提高，越来越多的年轻人都更倾向于义务较轻的同居生活。在法国人向政府申请同居的时候，能得到包括儿童出生申请、社会保障制度、教育等方面的准结婚待遇；而分手时，只需要签一份简单的合同便能结束法律上的同居关系。即使是现今的中国，同居还是被认为是年轻女性惹火上身的行为，可是在法国，政府则把同居定位为男女之间组成家庭的另一种制度，中年男女在没有结婚的情况下同居的例子比比皆是。之所以这么做，是因为他们相爱、想在一起过日子，可是又不想受到婚姻和双方家庭的束缚。同居协约的实行和同居现象的普及，都从另一个侧面体现了法国女性在社会和恋爱、婚姻关系中真正与男人平等的地位，这一幕的巴黎应该是当年参与了法国大革命的那些历史人物所无法想象的吧。

上海—巴黎，在此重遇

这家咖啡馆对于我更大的意义在于，让我和上海女友 Century 在异地相遇。七年前在上海，Century 是我在第一本杂志实习时的第一位采访对象，那年她开了上海第一家黑暗餐厅，依稀记得她接受采访时的恬淡笑容和优雅举止。这一次因为当地友人的饭局而再次重逢，我们竟然在第一眼就认出了对方。原来这七年间她放弃了上海的一切，为了心中的一个设计梦想来到巴黎；而我这个当年初出茅庐的小丫头也在上个月离开了理想的杂志社，为了圆一个出版梦而起飞。在这家有着太多名人和故事的咖啡馆，在这个用“这里是艺术与文学的约会”作为广告词的餐厅内，我们越过千山万水，跨过时间阻隔，终于再次碰杯畅聊，分享着店内的招牌美味：勃艮第的蜗牛、整整烹制了三天的红酒烩鸡和需要 6 个小时才能出炉的用 1686 年手法烹制的炖小牛头，还有餐后必点的安摩拉多利口酒味冰激凌。

真的要感谢巴黎，感谢旅途，感谢这位安排饭局的友人，感谢这个百年餐馆，让两个为梦想不懈努力的上海女生可以在此重逢。世界这么大，你说我们要多有缘，才会认识，才会遇见，才会再次聚首。

***往往，
看过再多的风景，
踏过再多的国度，
也不如一个故事深刻……***

地址： 13 Rue de l'Ancienne Comédie, 75006 Paris, France
电话： 33-140467900

Le Procope

Le Procope
Café-Glacier
depuis 1686

FI
GUI
ER

XL girls 的时髦休日守则 NO.06

像巴黎女人那样优雅地生活

旅行不应该只是眼睛的游历。我喜欢在旅游目的地结交一些当地的朋友，或是有共同的爱好，或是偶然的相遇，和当地人交流相处，让我更多了些对这座城市的认知和熟悉。也许大部分女人无法在巴黎长期生活，不过却可以在自己的国度中活得如同巴黎女人一般优雅。下面就是我和巴黎当地的女设计师、女公关、女艺术家友人们学到的点滴：

· 比起最流行的服饰，不如选择最适合自己的服饰；不要盲目模仿，要找到真我风格。虽然巴黎是许多品牌和时尚杂志的起源地，不过巴黎女人不会一味模仿模特的穿着，也不会盲目消费名牌，她们时常为自己的衣橱做减法，对服装质量的要求远远高于对数量的追求。

· 选一件面料舒适的内衣，不仅可以更好地修饰体型，也是为了取悦自己，谨记，是为了自己！

· 简单自然的妆容比浓妆艳抹更具有魅力。根据着装和场合来变化妆容，夸张的红唇和强烈的眼妆不要同时出现在一张脸上。学会根据今天的形象来变化香水，找到一款适合自己的女人香，会让你令人印象深刻。

· 谨行优雅礼节，即便独自进餐，也不要委屈了自己。生活的品质是在每一餐和每一个日常行为中展现的，放慢速度，不要匆忙地过日子。从最平淡的事情中获取乐趣，融入此刻，活在当下。

· 有条不紊的家居环境，让生活的旨趣变得更加纯粹美好。别人看不见的家居生活更应该整洁而雅致，一款独特的香氛蜡烛、充满设计感的生活杂货、井井有条的衣橱柜子……德润身，富润屋，生活定会以更美好的方式回报你。

· 操持一场完美的家宴，做一个自信的女主人，创造属于自己家的餐桌聚会传统，享受聚会的欢乐。即使餐品只是一些加工了的半成品，却可以因为一杯有着自己特色的开胃酒和恰如其分的音乐让今宵难忘。

· 充实的内在，才是女人最佳的美容品。多阅读，即使只是报纸和杂志，也是开卷有益；常旅行，去那些你不了解的地方，学习新的文化；培养艺术修养，从熟知你所在城市美术馆的最新展览开始，慢慢找到一门自己感兴趣的艺术课题，从学习中获得灵感和乐趣。

· 最后，也是最重要的一点：随时保持对生活的热情乐观和属于你的自信微笑。

질경이

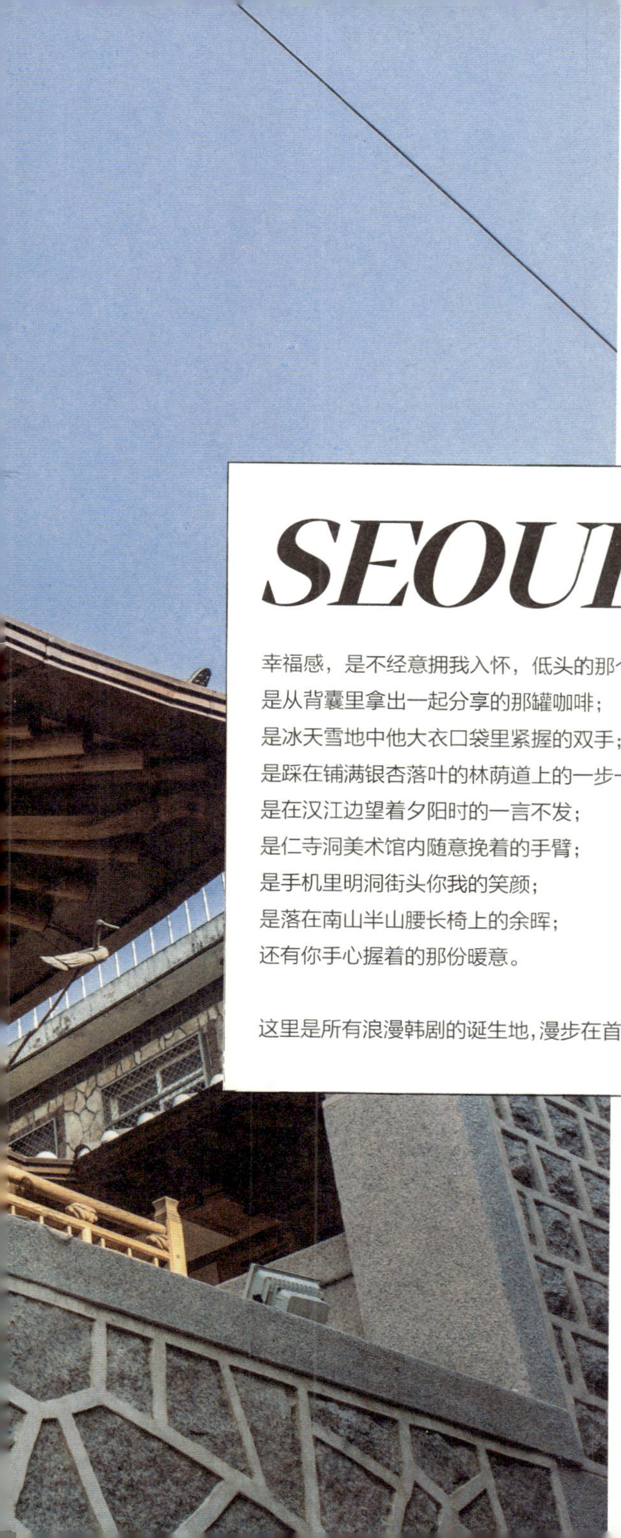

SEOUL 在首尔，邂逅幸福感

幸福感，是不经意拥我入怀，低头的那个吻；
是从背囊里拿出一起分享的那罐咖啡；
是冰天雪地中他大衣口袋里紧握的双手；
是踩在铺满银杏落叶的林荫道上的一步一步；
是在汉江边望着夕阳时的一言不发；
是仁寺洞美术馆内随意挽着的手臂；
是手机里明洞街头你我的笑颜；
是落在南山半山腰长椅上的余晖；
还有你手心握着的那份暖意。

这里是所有浪漫韩剧的诞生地，漫步在首尔街头总有种接近幸福的感觉。

Bobo 在追了整整三个月韩剧后，急切地召唤我们："去首尔吧！"

***Miki:* "好啊！我正需要去一个可以忘记在巴黎的不愉快经历的地方，首尔，不错的选择。"**

***Ikwa:* "你那段经历不是就早忘了吗？我看你一回来就各种约会的，别在这里假装伤感了。首尔，我喜欢的，有好多长腿偶巴，还有我的 G-Dragon！"**

***Bobo:* "啊呀，Ikwa 你也喜欢 Bigbang 啊，我也是。TOP！ TOP！是我的型。"**

***Ikwa:* "你的型有点多吧！上周不是还喜欢金宇彬吗？这周就换 TOP 了？那你男朋友怎么办？不吃醋吗？"**

***Bobo:* "他都不知道我在看韩剧。和他实在没有话题聊，就是太无趣了才想去韩国艳遇下呢。"**

***Miki:* "你跟男朋友交往那么多年都要去首尔求艳遇，真是太过分了！像我这种刚失恋的才适合好不好，我要去江南找宋承宪、崔始源这种绅士型男。"**

***Ikwa:* "Miki 你完全不需要设定那么多，你只要剧情浪漫就好，越离奇越投入，和对方是谁无关吧。说到底你只是爱上爱情本身而已。"**

***Miki:* "所以要去韩国呀，你看韩剧多离奇，外星的、前朝的都可以遇见，太适合我了。绝对会遇到命运的邂逅！"**

***Hiro:* "你们都去韩国找男人啦，那我也要去！不过找男人前，我要先去江南买些名牌，最近韩币汇率低，又能退税。"**

***Bobo:* "就知道你出去只知道购物！我们这次是有历史意义的出行，集体去首尔找寻真爱。"**

***Miki:* "没错！四个女生的首尔真爱行！ Go go go！"**

江南区，体验一日富人

江南地区包括了以三成站和江南站为中心的商业区、以狎鸥亭洞和清潭洞为中心的购物区和新沙洞及林荫道一带特色咖啡店、餐厅的聚集地，三种区域各种魅力。韩剧中的高富帅经常在此出没，也是诸多韩国造星工厂的所在地，是名副其实的首尔长腿帅哥云集的“富人区”。

我们四人一到首尔，便打车来到了新沙洞林荫道，随着沿路那些个性又具有设计感的小店、咖啡店和两旁一字排开的银杏树在眼前逐一展开，在设计师与艺术家编织出来的街道上漫步才终于有了抵达首尔的真实感。

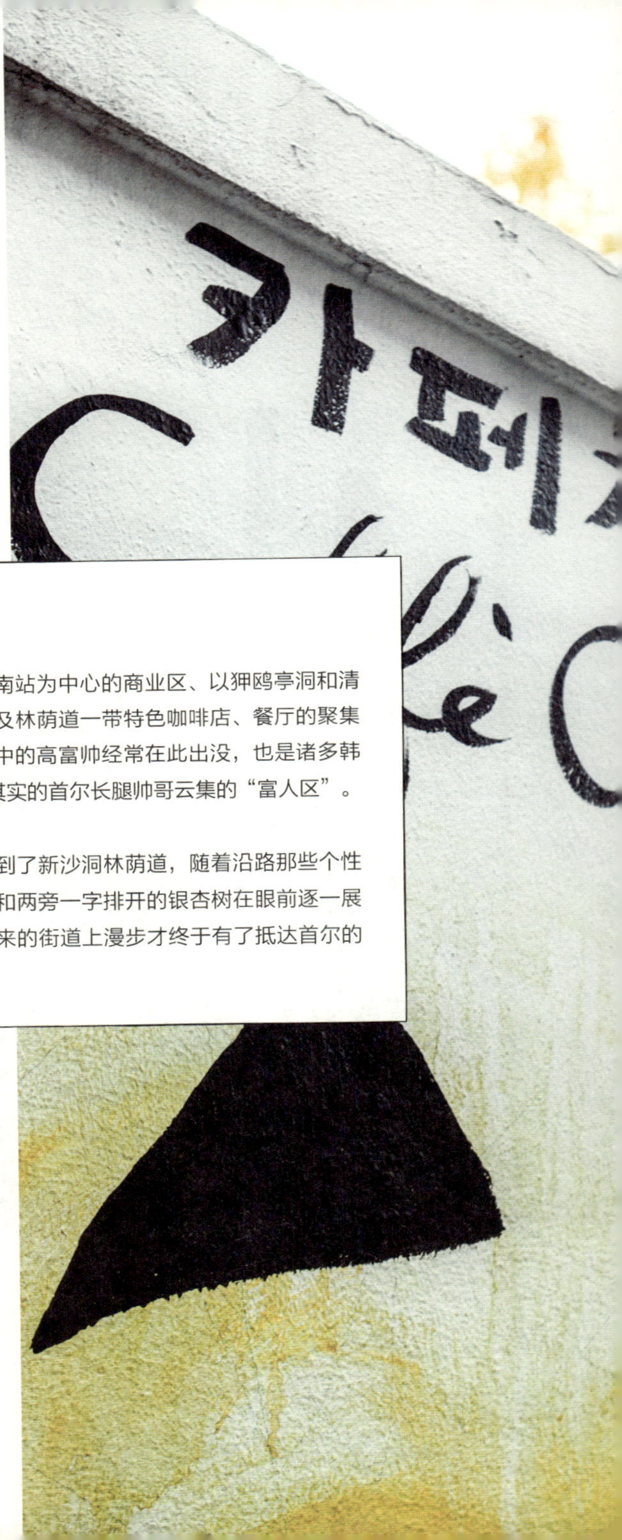

0914
oninoonofour
oninoonofour
0914

Bagstage- Simone Handbag Museum

仅用眼睛扫名袋

想要了解一座城市，一定要到当地的博物馆看看它的历史与现在。首尔有着太多不同主题的艺术馆，对艺术的欣赏、品鉴已经深入当地人的心底。这次，我们选择花一个多小时进入一间看似与首尔历史毫无关系的手袋博物馆。理由？女人天生爱拜物，特别是手袋。而且，在这个被身穿名牌时装的年轻潮人摩肩接踵的江南街头，参观如此拜物文化的博物馆似乎更应景，何况这幢楼里陈列了从17世纪到21世纪的大约300个包包，像这样能让眼睛一次过足包瘾的机会并不多。

一堂时尚历史课

抱着一半欣赏一半学习的态度，我们推开了眼前这座外形酷似手袋的博物馆玻璃门，径直走向三楼展区，这里展示的是现代艺术先锋作品和一些经典的手提包作品。镇场之宝有价值四万英镑的Birkin红色鳄鱼皮包包和Boucheron黄金神沙袋，其他展品有Alexander McQueen的Union Jack、Prada在20世纪80年代推出的帆布袋、从安特卫普时尚博物馆借来的Martin Margiela手袋、Chanel的Cambon Tote等。有些手提包藏品还配有一名人形模特进行展示，通过展馆的讲解我们得知，这些人形模特从佩带的假发到所穿的衣服再到手臂和手指的姿势都是由30位专家和设计师精心设计过的。

走上四层，仿佛看到整个手袋的发展历史。从英国19世纪20年代的小手提包到“吝啬鬼”钱包以及欧洲妇女的首个“工作提包”，这里展示着各个欧洲大牌不同时期的代表包款，隔着玻璃，仔细端详这些手袋，它们如艺术品般精致且光芒四射。有些藏品虽然看起来不美观，甚至有些丑陋，但是很有实用性。我们在这里慢慢地走着逛着，亲眼见证了整个手袋的发展史和其中稀有的历史经典，个中进度由双眼和双脚调节，算是一堂教材丰富的时尚课堂，甚合我意。

周围总是围绕着很多爱好时尚、拜金主义的女生，每一季度总会在愿望购物清单中加入一两款“必不可少”的包包，却很少有人知道和关心这些包包的设计灵感和来源。想起刚做编辑那年曾采访过一位“名媛”，家中有十多只Birkin，问起原因，说是收藏，而且只买这个包款，对其他包款完全没有兴趣。但当我问到是否知道这款包的缪斯女神 Jane Birkin 时，她只淡淡地说了一句：“谁啊？我只是因为这是 Hermès 的 Birkin，收藏可以升值。”此后但凡见到提着 Birkin 的淑女，我再也没有提过 Jane Birkin 的名字。

Jane Birkin 一生爱才子，从英国作曲家到法国音乐家，再到法国导演，她始终很随性地过着她的生活，和她的爱人们一起作曲、演电影、生孩子。飞机上随口和邻座抱怨缺少一款大包能容纳她所有的随身品，而这位邻座——爱马仕第五代掌门人则为了她，也为了之后和她一样总爱带上一堆东西出行的女士们设计了这款大容量的包包。不过当时的他应该也没想到这款设计会在今天让物质的我们都杀红了眼吧。如今拎着这款包袋骄傲地出席各种场合的 Birkin 小姐们，又有多少是因为欣赏 Jane Birkin 的随性而加入这股杀红眼的热潮中呢？

时尚，对大部分人来说，始终是个浮夸的辞藻。我们快速地吸收着来自杂志、广告、网站的铺天盖地的信息，总想用时尚的外衣把自己武装起来。或是不愿落后的胜负心，或是想要出众的虚荣心，女生总是会被外表光鲜的事物所吸引，也更容易向昂贵的美丽低头。作为时尚行业从业者，多年来一直在造梦工程最前线的我并不反对这样的物欲潮流，不过在追逐物质的过程中，应该多了解交织在这些物欲背后的历史和梦想，静下心来听一听内心深处的呼唤。

这一次血拼，我们仅仅通过眼睛进行着，一个半小时后，内心却异常丰富起来。

“唉，还是好想在三十岁前有个 Birkin 啊！”逛完展览，我们来到地下一层的咖啡厅休息，一入坐 Hiro 便发出了这样的感叹。

“你知道 Jane Birkin 吗？”……

地址：17 Dosan-Daero 13 Gil (Sinsa-Dong), Gangnam-gu, Seoul, 135-889

营业时间：周二到周四：11：00 ~ 20：00，**周五、周六：**11：00 ~ 21：00，**周日：**11：00 ~ 19：00

门票：5,000 **韩元**

网址：http://simonehandbagmuseum.co.kr/

XL girls 的时髦休日守则 NO.07

不要在肚子饿的时候逛街

在购物问题上我们配合默契，每次结伴出门都会有一定的程序，而第一件事总是“填饱肚子”。因为饥饿会让人产生一种欲求不满的空虚感，时间久了，大脑会不自觉地给身体下达填补空虚的命令，为此，你掏腰包的次数会明显增加。这是科学上已经认证的事实——人在饥饿时往往会购入自身不需要的物品，但多数人却对此浑然不知，亦养成了先购物，最后吃饭的习惯，殊不知，购物前的一顿便餐会给他们省去许多不必要的花费。

Blacksmith

欧巴的意式餐厅真是酷毙了！

如果说第一次按图索骥地找到新沙洞这家 Blacksmith 是因为他的老板——我的第一位韩星偶像宋承宪的话，第二次再来到这里，绝对是因为这里超酷的装修风格和那个下有暖炉上有鲜花的 Pizza Prinevera。

在刚硬派装修下的细腻浪漫

从每个人家的装修风格便可窥探这个人的性格，Blacksmith 整个灰黑刚毅的色调像极了他的铁匠寓意。比萨炉旁堆置着原木、斑驳着铁锈的钢板随意置放，原色的墙砖似乎也是半完成状态，这些无不彰显着主人极为硬朗的个性，好像看到了《东之伊甸》里东哲的身影。不过当色彩丰富的菜单送上，则又看见了《蓝色生死恋》中俊熙温柔的双眸。

每一道餐品都是从小就梦想拥有餐厅的主人精心为顾客挑选的，并贴心地标上了数量不同的辣椒表示辣度，嗜辣的我们执着地点了暴力辣意面，直到辣得我们涕泗横流才发现后悔已经来不及了。这里的大部分餐品饮料都会结合一些鲜花装饰，带着西西里浪漫感觉的南意风情与外在的硬朗装修形成了强烈的对比，也展现了主人温柔浪漫的特质。

“我决定在这蹲点了！”在等着上菜的间隙，我下定决心，“听说宋承宪平时经常会亲自过来的。我查过了，他最近都在首尔。”

“天啊！你是跟踪狂啊？”Ikwa 刚喝了口蓝莓冰茶，差点呛到。

“我支持你！我也想见宋承宪‼他和金泰熙的那部戏实在太般配了，”果然是三个月不眠不休补齐了所有韩剧的 Bobo，“不过你能替我查查最近 TOP 都在哪出现么？要不就陪我到苏志燮开的咖啡店去蹲点？”

“不，我要购物！”Hiro也投了反对票。“你就看看这周围的海报过过眼瘾吧。吃好午餐回林荫道逛街才是。”

二对二？但在餐品上来后，所有人的注意力都已经被这家的招牌菜Pizza Prinovera吸引，无暇顾及蹲点问题了。有着可爱小花点缀的招牌比萨上面盖着厚厚一层我最爱的芝麻菜，浓烈的配色，好像能够闻到地中海的香气。薄薄的饼边烤得焦脆，芝士浓厚到可以拉出丝，咬下去满口饱满却不油腻的馅料，完全符合我对理想比萨的期待。啜着爽口健康的蓝莓冰茶，幻想着画报中的那位主角缓缓走来。

“别对着墙壁发呆了，吃完饭你还是去楼下和宋承宪的立牌合个影比较快吧！”Ikwa的声音把人拉回现实，对哦，吃完还得和樱花妹们一起排队合影呢。

因为一部电影、一本书、一个人，每次去这座城市总会光顾同一家餐厅，这种执着本身就是件让人期待的事情呢。

地址：首尔市江南区新沙洞514-20
电话：02-34448211132

Aland

年轻偶像在此遭遇年轻设计师

每次来首尔总是不能错过逛坐落在林荫道上这家 Aland，来这里逛的人也多是工作结束后过来休闲的江南 style，运气好的话还会遇到附近经纪公司的艺人。

谁知道下一秒会逛到什么心头好

Aland 在韩国共有十家店，香港也有两个分店，主要贩卖的都是韩国本土新锐设计师的设计，从衣服、鞋子、包包到首饰、文具、袜子都有，林荫道这家也同样分层明确。

每一层都有自己的独特风格，却统一印上了浓重的韩国流行印记，忍不住想在这里挑几件时尚单品，让自己融入首尔街头的时尚男女中。一进店，我和 Ikwa 就冲到地下一层的女装区开始挑选我们中意的卫衣。地下一层多是年轻设计师的产品，卫衣价位在四百元左右，但无论材质、印花还是设计，都不会输给那些欧美大热的基础款。这层也有韩国设计的手拿包，不仅色彩够大胆前卫，新潮的面料和款式也是出街绝对不会撞款的必败品。这两年韩国诸多女装设计已经形成了非常明显的韩式风格，从强调廓形、注重撞色搭配的休闲派，到利用高级面料和利落剪裁的女王派，再到大量使用雪纺、蕾丝材料的淑女派，几乎每一个女生都可以轻易在这里找到变身为韩剧女主角或韩国女子偶像组合的整身行头。

此刻，Hiro 和 Bobo 则早已在一层饰品区挑花了眼，这层不仅可以买到 Daniel Wellington 的时髦手表，还有一些韩国本土饰品设计师的新款，从细腻精致的小女人风到夸张惹眼的金属朋克风，似乎每一款都是出现在韩剧女主角手上的那一枚，并且价格都在百元左右，无法让人不心动呢。

楼上的男装区更是因为诸多男团偶像的频频光顾，甚至在综艺节目上大力推荐而声名大噪，近年大热的 SM 公司男团 EXO 成员都是这里的熟客，好几次在采访中推荐过这家。怪不得总觉得他们的圆点小鱼包装袋十分眼熟，原来在机场街拍时常常出现在偶像手中呢。

韩流文化推动下的韩国设计

用完善的商业机制让年轻的设计师作品流通向市场，韩国时尚产业在推动和挖掘新鲜势力上绝对是不遗余力。无论是像 Aland 这样面向年轻人的集成买手店，还是近年来在亚洲备受关注的首尔时装周，韩国整个时尚产业都在用尽可能大的平台，让年轻设计力量崭露头角。

同时，作为韩国经济发展的重要推手——韩流文化产业，包括韩国偶像组合、韩国电视剧组、综艺制作方，也都积极配合着韩国时尚圈的发展需求，从偶像打歌服、韩剧戏服到综艺节目中的“战袍”，都会经常出现一些名不见经传的韩国本土设计师的作品，让这些本土设计伴随着韩流势力吸引着亚洲乃至世界时尚爱好者的目光。

地址：江南区新沙洞 534-18
电话：070-78207547

Elbon the Style

出现在韩剧中的隐秘奢华名店

在分支诸多的林荫道里其实有许多隐藏着的买手店，比如 10 Corso Como 的折扣店被装扮成花园的样子，需要走过葡萄藤走廊才能进入；著名的男装买手店 Parkson 则是仅在街上放置了一个入口，实体店整个搬到了地下一层；以小清新风格闻名的家饰店 Maki 也躲在林荫道的分叉拐角，一个不经意可能就错过了你想要逛的个性店。所以，需要一位熟门熟路，能带着你逛店的旅伴，才能不错过这些隐匿的精彩。

给你的高贵天性

被谙熟亚洲名店的意大利设计师大叔推荐而来到 Elbon，这里不仅独家引进了诸多意大利品牌，还有很多大牌限定款的鞋包，二层更有一家非常不错的韩欧融合风的餐厅，其地理环境很隐蔽，所以也常常成为艺人秘密约会的餐厅。

Elbon the Style 一层是韩国最大的一家鞋包专门店，里面有多达五十余种品牌，除了各大奢侈品牌之外，还偶尔引进亚洲的限定商品和特别的跨界系列，让热衷限定款的 Hiro 十分欣喜，一进店便愉快地消失在这堆鞋包展架中间了。

刚一走入装修摩登简约的店铺，Bobo 便说着这里有一种熟悉感，“想起来了！‘面包王’在这里当过泊车小弟呢！”原来这里是《坏男人》、《面包王金卓求》、《我也是花》等多部人气韩剧的拍摄现场，常常作为剧中主角展现高品位的隐秘奢华名店代表出现。而现实中的这家店，因为闹中取静的地理环境和丰富的商品，也是诸多韩国艺人和江南富豪们常来的血拼地。仔细看一下这里陈列的商品，从一出经典款就能热卖多年的 Givenchy 、Celine 、Balenciaga，到时下热门的设计师品牌 Stella mcCartney、Proenza Schouler、Alexander Wang 等，这些好莱坞街拍偏爱的潮流包款在这里都能轻易找到，怪不得成为女明星们的爱逛店。

因为和韩国演艺圈的良好关系，Elbon the Style 也经常会和艺人合作一些特别的设计系列，利用韩流在时尚圈的特殊地位带动购买。这次在通往二楼的楼梯口处就看到了他们邀请金南珠特别设计的包包。模特出身的金南珠一向被视为成熟女性的着装典范，这次的跨界合作想必也是瞄准了熟女市场所做的一个新的限定尝试。

不仅是限量款的鞋包，还有限定的创意大餐

走上二层餐厅，玻璃窗上那一排英文“For the noble nature in you.（给你的高贵天性。）”似乎成了对这幢时尚建筑最好的诠释。我一向喜欢尝试各种无国界的创意料理，将相同的食材用充满地域特色的不同佐料和来自不同国家的烹调方式进行创作，这是厨师的艺术。Elbon the Table 被评为全球必试的五十家设计餐厅之一，在韩国有疯狂厨师名号的明星主厨 Hyun Seok Choi 用了许多韩国元素来重新演绎西餐，在韩国乃至世界餐饮界都引起了不小的话题。

韩国发音为“馒头”的小笼包内被塞进了鹅肝和鳗鱼，传统意式烩饭里放入了泡菜，从唇齿间便能感受到这份艺术创作的诚意和热情，这是一份只有放缓脚步和心绪，仅仅用味蕾才能体会到的感动。“原来韩流艺人约会时都吃这些哦，”Bobo 在得知这家餐厅是韩流偶像最常来的约会餐厅后忍不住感叹，“江南果然是演员们的天下，一定要精心打扮才能出门，吃个饭都可能会遇见偶像！”这次韩国之行因为有当地时尚圈友人的推荐和指点，我们似乎知道了更多属于韩流的秘密基地。

地址：首尔市江南区新沙洞 530-5
电话：02-5479700
营业时间：11:30 ~ 21:00
网址：www.elbon-the-style.com

La Casa & Casamia

比住家再舒适一点

决定在江南区展开休日计划的时候，住宿成了一个非常重要的主题。停留在江南的短短几个夜晚该怎样才不算被虚度？除了尽力搜索契合自己和女伴们品位的住所之外，把过往的愉快回忆再次置入也是件不赖的事。所以，之前就住过 La Casa 的家庭套房的我，今年和女伴们一同前来，自然要试一下有着强烈设计感和大型客厅的阁楼式套房。

在一直憧憬的林荫道上拥有一个可爱又温馨的家，该是多么幸福而美好。

充满设计的空间感让人更觉安逸

La Casa 位于江南区新沙洞林荫道上，酒店正门前长长的道路两旁整齐栽种着银杏树，从林荫道转进来便能看见巷子里聚集着的风格各异的咖啡厅，以盆栽布丁出名的甜品店 Banana Tree 和著名的买手店 Elbon，因此从 La Casa 的客房内望出去，就可以欣赏到有着各种个性咖啡厅的林荫道街景。从酒店一层的餐厅侧门出去，步行几分钟便是新沙洞地铁站和奢侈品云集的清潭洞，不论你是爱好江南那些小清新咖啡馆还是热衷于在名店血拼，这里都是非常便捷的住宿选择。

La Casa 吸引我之处很多，除了便捷的交通之外，它也是由韩国生活家居品牌 Casamia 打造的第一间精品设计酒店，完整呈现了 Casamia 的摩登简洁风格，客房、餐厅、家饰店完美融合在一个空间中，酒店内所使用的家具与饰品大部分为 Casamia 的产品，让它犹如一个装潢设计的展示空间。

摩登而简约的设计从门口延续到大堂，任何无意间流连的地方都可以窥见属于酒店的时尚气息，而酒店书架上摆放的书籍也是异常精彩。最让我印象深刻的还要数以书房为设计主题的大厅，一进门就能感受到这里充满着设计气息，随处可见的装置艺术，满满一墙壁的设计书籍以及装潢得别具风格的休憩空间都让人的情绪一下就放松下来。

在酒店内建构几个理想的时刻

以居家设计风格为概念，从外观到大堂、客房都流露出 Casamia 的舒适和摩登风格。这次女生们一起入住了阁楼式套房，蓝黑配色，加上金属现代感十足的灯饰，大落地窗让午后阳光整个洒了进来。我们迫不及待地放下行李，将手机和房里的音响连接，伴随着 K.Will 温柔浪漫的嗓音，四个人慵懒地窝在客厅沙发上，午后暖阳和微凉空气，完美建构了那些理想的片刻。

起床后凌乱的床单、散置在桌上的化妆品、摊在沙发上没折好的衣服……有那么一刻，我都觉得 La Casa 是自己的家了。能把酒店当成自己的家，这不是对一家酒店最高的赞美吗？

那几天，我们都早早起床，来到楼下的 Casa Meal 餐厅享用刚烤出来的面包和新鲜的沙拉。餐厅和酒店客房一样，有着舒适的空间设计和透光极好的大落地窗，看着街边来来往往的人流，享受着旅行者这个特殊身份带来的悠闲感。

用完餐，从餐厅的玻璃门即可走入 Casamia 的家居店，在这两层的店面内，可以购买到与酒店摆设款式相同的家居饰品，当然还有一些可爱的人造花、茶杯、桌饰，如果酒店的记忆不能被凭空带走，不妨用这些小小的家饰品作为载体。

地址：首尔特别市江南区新沙洞 527-2
527-2 Sinsa-dong, Gangnam-gu | 135-888 Seoul Korea
电话：82-25110066
官网：www.hotellacasa.kr

“早上好唐小姐，今天你是吃煎蛋卷还是班尼迪克蛋呢？”
“煎蛋卷，配蘑菇、土豆、培根，谢谢。”
“正餐后仍来一杯美式咖啡吗？”
“是的，你好贴心！”
细心而贴心的服务总能成为加分的关键，越是平常轻松的对话，越是能在旅客心中留下满分的回忆。

SSG

像江南女那样做一次日常采购

在早晨九点走进这家商场侧门的“The Menagerie”甜品屋，享用可爱而精致的早餐，然后带走一块蛋糕或一袋面包。推着购物车在地下一层的 SSG 超市买一些当日家庭晚餐用的新鲜食材。结束采购后如果还有时间就回到一楼的 Boon the Shop 逛逛服饰和家饰店也不错。

这就是江南主妇们在这幢 SSG 大厦内度过的一个优雅而充实的日常上午，当然这些主妇名单中也不乏高小英、全智贤这类的大牌女星。

清晨，被蛋糕被萌醒了

The Menagerie

粉耳兔、小香猪、小憨熊……

这些萌翻天的小动物，其实是一只只美味的蛋糕。

玻璃柜中如艺术品般优雅陈列着的，

不是贵重珠宝，而是一枚枚造型精美的雕花蛋糕。

香滑的奶油搭配绵密的蛋糕及清新果粒，

除了外观，这些“甜品动物园”的萌物，

一定还能征服你的味蕾！

把可爱动物装进小纸杯

The Menagerie 意为动物园，店内的美味蛋糕被做成各种动物造型，让喜欢甜品的女生像我们一般大呼可爱，少女心瞬间荡漾！在同一个柜台陈列着的其他水果蛋糕，也同样精美到让人忍不住俯首细细端详。因为是早餐时间，整杯奶油蛋糕下肚实在有点太过甜腻，所以我们晃到了同样丰盛的面包区域，看着一个个面包新鲜出炉的可爱模样，挑选着各自喜爱的口味。燕麦餐包加手工酸奶，端着这个早餐的绝佳组合，在店内找地方坐下。

从装修风格来讲，与其说是面包店，不如说是精品店来得更适合。店内一片雪白，T 字形排开的玻璃柜台内整齐陈列着各种手工蛋糕。在另一侧咖啡柜前的走廊里有几个独立的大玻璃柜，里面是售价高昂的、由日本蛋糕大师制作的节日雕花蛋糕，它们以一种艺术品的姿态骄傲地矗立在显眼的位置。蛋糕店的中央区域则被做成各种首饰样子的手工饼干和富有童话色彩的季节性装置占据着，如此用心精致的装修，果然是符合江南风格的面包店！“这里绝对是江南儿媳妇的专属面包房！有种清潭洞爱丽丝的感觉。”Ikwa 在放下相机后也忍不住感叹起来。

艺人主妇的食材卖场

SSG 食品超市

整幢 SSG 大厦中备受瞩目的是位于地下一层的超市——一家销售有机食材、精制传统调料和进口食品的高档超市，具备江南其他地区也不常见到的优质格调。

在蛋糕店吃完早餐，我们便开始了当天的购物之行。超市像外国市场一样生动，用菜篮装蔬果，产品说明写在木牌上，连照明都特意集中在产品本身上面，使整个空间呈现出高档的氛围。超市附近的经纪公司很多，听说很多韩流明星和偶像明星也经常来这里购物，所以很多狗仔队会守候在此捕捉艺人情侣的身影，不久前全智贤就在这儿被拍到其购置日常用品的照片，广告女王也算替这里做了个推广。

将特制泡菜和调味品带回国去！

一走进卖场，首先看到的是蔬果区。许多普通超市买不到的稀贵水果在这里被整齐地堆放在菜篮内，这些蔬菜和有机农产品的标签标志着它们只由签约的农场提供。Ikwa 选了几个从济州岛空运过来的甜橙放入购物篮。蔬果区最有人气的商品是可以一边栽培一边吃的泥炭藓蔬菜，插在玻璃缸中的可爱模样让人甚是喜欢，每个经过的顾客都忍不住停下来研究一番。

这里出售的商品身上都贴有各色的可爱标识，仔细研究了一圈发现，一共有 5 种颜色的商标，分别代表不同的涵义。其中红色商标表示“SSG 独家经营”，芥末色代表“指定农场”，绿色代表“韩国传统植物种”，水色代表“清晨摘采直送”，橙色代表“保证当季味道”。这些明确的标识让购物变得更加便利和安心，只要看准价格表或商品上贴着的商标或标签，就可以轻松选购到少见的限量产品。

右转直行便到了海鲜区，采用和欧洲市场一样的陈列方式摆放着新鲜的海产品，大大的鱼缸保持了蟹、鲍鱼这些海鲜的新鲜度，大海的气息扑面而来。不过因为入住的酒店无法烹调食物，我们只能匆匆走过这两块区域，想象着如果在首尔当地生活，这里一定是每日必来的新鲜食材购买区。

经过熟食区的柜台，由朝鲜酒店一流料理师制作的盒饭展示其间，这些使用韩国产原材料和当季食材制作的便当很有季节感，令人看了食欲大振。在卖盒饭的对面是烤肉区，锅炉内现烤的整鸡和热狗散发出诱人的香气，让人忍不住放慢脚步，寻香而去。

走向最吸引我的贩卖朝鲜酒店特制泡菜的区域，有辣白菜和黄瓜泡菜等种类丰富的泡菜、手打年糕和明太子等食品。我挑选了一些想要带回中国的特色泡菜，打算回去后学着做泡菜炒饭、菜包肉等韩式家常菜，超市职员亲切地替我换成了方便登机的真空包装。Bobo 也在

SSG SPECIAL WEEK
SSG SPECIAL WEEK
SSG SPECIAL WEEK
SSG SPECIAL WEEK
FARM FRESH
청과 FRUIT
SEED

SAMSUNG

旁边的调料区域找到了她一直想买的天然调味料和韩国海苔，这片区域主要销售名人制作的韩国传统调料和韩国海苔，还有在盒饭中使用的天然调味料。

“回国后我们组织一场韩食派对吧！”Bobo 对忙着采购的我们提议道。

“好呀好呀！正有此意，我负责泡菜炒饭和部队锅吧。”我晃了晃刚刚买的特制泡菜附和着。

“要办韩食派对吗？”Hiro 听到派对凑了过来，“那我也需要买点调料回去，韩国料理的味道关键在调料。”

“你们都要做韩食哦，那我就负责吃了，哈哈！我可以做评委。”

“你负责洗碗！”我们几乎同时对 Ikwa 说道，不过她也以极快的速度逃到了点心区。

点心区域聚集了韩国及世界各地的食品，除各种加工食品、调料、小吃外，还有巧克力、果冻、糖等点心，光是看着也让人口水直流。冰激凌柜台内还有限量销售和不常见的种类，喜欢冰激凌的 Ikwa 自然不能错过，整个人趴在冰激凌柜台上，忘我挑选的姿态惹人侧目。

走出超市便是 SSG 的食品街“Gramercy Hall”，其实这里有着被称为“食品街”都有些可惜的高档简洁氛围。这里可以品尝到用 SSG 食品超市的新鲜食材做成的西式、中式，甚至印度料理，从点单率来看，和馕配套的黄油鸡咖喱是其中最受欢迎的菜品。若不是刚刚在楼上蛋糕店吃完早餐现在还饱着，我们真想从一个个料理台前依次品尝过来。

带着胃囊实在装不下食物的遗憾上楼，我们决定带瓶红酒回酒店，盘算着晚上配着芝士聊天小酌。店员把我们引导到一层有侍酒师常驻的“SSG Wine”，这里能买到“Sine Qua Non”等不易购买到的葡萄酒，藏酒之丰富在韩国首屈一指，爱好葡萄酒的我和 Bobo 又要在里面挑上一阵了。

最能代表江南风格的时尚空间

My Boon

每个时尚城市都有一家代表自己风格的集成买手店，就如 Colette 之于巴黎，10 Corso Como 之于米兰，Opening Ceremony 之于纽约。因为工作和兴趣，每到一个城市我都会在当地时尚人士的带领下去感受当地买手店的氛围，这已经成了我旅游的一个重要组成部分。如果让我在这个主打前卫新潮文化的首尔选择一个最能代表江南风格的买手店，我会首选

Boon the Shop。和全球那些有代表性的综合买手店一样，这里不仅售卖各路大牌设计师、独立设计师的服饰、鞋包，更网罗了个性十足的家饰、书籍和化妆品牌。

清潭洞 style 的时尚法则

对于爱好时尚的江南女来说，结束家庭采购时间，最好的放松，就是来到一层的 My Boon 为自己添购几件时尚单品。My Boon 是 Boon the Shop 旗下非常生活化的零售精品馆，很适合整个 SSG 的轻松氛围。

比起为了销售业绩而大量引进认知度高的奢侈品百货，My Boon 更像是引领高端时尚态度的独立文化空间。这里更倾向于引进欧美设计师的产品和小众品牌，也更适合追求个性的清潭洞男女。它将欧美独立设计师们每年的代表设计汇聚在一起，按照服饰种类摆放陈列，展现着各个设计师的时尚观点及风格特色。

突然想起前一阵因为清潭洞拜金女话题引起很大反响的韩剧《清潭洞爱丽丝》，已经嫁入“清潭洞”的女二号总结的“清潭洞法则”中第一条即是：“与其带人人都知道的包，不如用一款不管谁看到都会有‘那个是什么牌子的包’这种想法的包。衣服的话，不用全身名牌，也不用很贵，但一定要有个性、质地要好、适合自己。皮鞋也一样，是不是名牌并不是很重要，但要有品质感，重点是看上去一定要是干净的、崭新的。”作为韩国上流社会代名词的“清潭洞风”并不需要用明显的标志和价格标签去武装自己，反而更加注重个性、细节和品质感，这也是 Boon the Shop 在江南经营成功的原因吧。同时，让我最为钦佩的是，My Boon 的这些买手们总能从这些风格独具的设计师品牌中挑选出适合韩国市场的单品，再通过视觉陈列师的搭配，组合出当下江南最流行的风格。

逛累了的我们在“My Boon Juice Bar”点了这里的独家配方——具有解毒清体效果的功能饮料，口感非常特别。“Bigbang 的个性潮人权志龙曾将这个果汁吧改成酒吧开过时尚派对，”Ikwa 听到店员提到权志龙的名字后立刻兴奋起来，店员接着指了指零售区域继续说，“他也在此展示、出售过自己设计的商品哦。”果然，My Boon 不是一味追求高端名牌的“时尚卖场”，而是坚持将时尚态度带入生活的时尚文化空间。比起单纯的名牌崇拜，崇尚个性和态度，才是清潭洞的时尚生存法则。

地址：首尔特别市江南区清潭洞 4-1，PIE'N POLUS B1F
联系电话：1588-1234
营业时间：10:30 ~ 22:00
网站：ssgfoodmarket.com

My Boon

Boon the Shop-Men

选一件白衬衫送他

在做男性杂志编辑的这五年间，最常被周围女性朋友问的问题就是：“该送他什么礼物才既特别，又能让他印象深刻？”我的回答往往是，送一件尺寸合适的，有设计感的白衬衫吧。贴心又实用，每日打开衣橱，穿脱之间，都能感受到你的目光与气息。

男演员的私人衣橱

也许是出于职业习惯，每次到首尔和当地时尚杂志编辑聚会时，总会让他们推荐一些热门的男装店，而位于清潭洞的这家，永远位列我们的话题榜之首。聊聊这里又进了哪些限量潮品，又有哪些艺人成了他们的 vip 客户，兴致所至，总免不了登门造访。

这一次，我亦是陪 Bobo 去店内挑选那一件蕴含着特别意义的“礼物”，送给她的他。

由意大利建筑师 Guido Stefanoni 设计的简约而极具现代感的商场外观，使它即使在清潭洞的支路上亦非常容易辨认。走入地下一层依旧是昏黄色的灯光，做旧的设计非常适合贩售牛仔系列，个人认为最适合亚洲男士体形的 Dsquared2 的全系列都被收入其中，其他商品也多以街头、金属、运动的休闲风格为主。

一层的个性潮流区的布置总是不断变化，也许是为了满足求新求变的清潭洞流行风格和总是要求新鲜感的潮男们的需求，这里的各种潮牌配饰和主打系列也总是在更新换代。和摩登有型的一层相比，二层则是明显的优雅经典风格，欧式装修的独立试衣间，一直是韩剧中成熟型男主角的更衣室。在二层的精品区，有许多欧洲小众设计师的品牌，从我最喜欢的意大利时尚西装品牌 Lardini 到专业衬衫品牌 Barba 全部都可以在这里找到。

我选了一件经典设计的纯白衬衫递给 Bobo，她把之前谙熟于心的尺寸告诉店员，然后欣喜地想象他收到礼物时混杂着惊讶与感动的表情，露出小小的得意。

“交往那么多年还可以到哪里都想着对方，好羡慕这样的爱情。”

“你认为这是爱情吗？也对啦，茫茫人海，所有爱与被爱都是幸运的。不过在你们看来的幸福，其实只是我的不想孤独而已。”

“因为害怕孤独，所以恋爱？”

“就好比在这儿看到喜欢的男装，总得有人可送才行。人最软弱的地方是舍不得。舍不得放下一段不再精彩的感情，因为习惯了安逸。”

“那么理智，看来真的不是爱情。感情，向来由不得理智；心动，总无法控制。”

“所以说你是恋爱体质，总是憧憬理想化的爱情。你想要的是意大利剪裁的西装三件套，现实中的他其实只是一件最普通的棉质白衬衫而已。”

其实我懂得，淡淡的友情最远最久，最好的爱情是沾满了烟火味的平静。

那些太过浪漫的爱走到最后也许会灰飞烟灭，真正的爱情是一种很短暂的情感碰撞。

现实不是童话中的王子公主轰轰烈烈地幸福一生，现实的童话是，曾经相爱的人，带着对爱情的记忆，开始过平凡的生活，就像一杯白开水和一件白衬衫那般的日常。

地址：89-3.16，清潭洞，江南区
电话：02-5428006
营业时间：11:00~20:00
网址：www.boontheshop.com

XL girls 的时髦休日守则 NO. 08

在当地找到属于自己的“美人道”

女人最大的乐趣和魅力，就是终其一生地追求美丽。秀内而养外，古人的《美人道》道出了那时美人的标准：微鼓的双颊、宽厚的臀部、饱满的额头、细长的双眼和樱桃小嘴。很难想象符合以上标准的美人在如今仍能倾倒众生。时代在发展，人们对美丽的标准也在不断更新，我们不断尝试新的妆容、保养品，接受着医疗美容带来的神奇效果。首尔除了美食、韩流和不关门的商场外，最吸引女生的非那些便宜又好用的美妆用品莫属了，每一次来到首尔总会发现一些新鲜上架的美妆品，于是爱美的我们又一次找到了共同的乐趣，在这一堆堆包装可爱的化妆品中寻找适合自己的那一款“变美秘籍”。

地址：首尔市 江南区 新沙洞 631-11 号
电话／传真：02-5444131
营业时间：9:30~19:00（春节、中秋节当日休息）
网站：http://www.rabeauty.com

Rabeauty Core

韩流女明星的秘密变身地

想要拥有韩国女星的性感发型，想要尝试韩国女团的精致妆容，是这次首尔之行我们的另一个共同的美丽目标。询问了一圈当地的编辑朋友和时尚达人，他们竟然都推荐了同一家沙龙，连自诩对女生美容并不精通的韩国旅游局陈次长也向我们介绍了这家位于狎鸥亭的总店，问其原因，他说，他认识的大牌艺人都是在这里做的造型。

韩星心中的第一发型屋

沿着狎鸥亭的小路一路找寻，终于走到这家隐秘的韩星美容沙龙门口，却被一个熟悉的身影吸引："Giro!"一身意大利流打扮的 Giro 即使在首尔街头还是异常显眼。意外地在陌生城市遇到熟人，还是时尚大叔的代表，闲聊之余才知道他也是刚刚做好造型准备去杂志拍摄现场。狎鸥亭果然是偶遇艺人指数最高的街区，而藏身于此的美容沙龙 Rabeauty Core 亦是韩国顶级艺人的最爱。

进店后由店员引入座，随后递来一个 iPad，原以为是为了打发时间，原来是让我们通过店铺的 app 来选择发型！一张张熟悉的艺人发型图片划过，这些在荧幕上让人记忆犹新的发型妆容都出自于这家。而这个 app 更方便了语言不通的我们选择理想中的妆发，简单又直观。

听说有中国客人到来而特地出来打招呼的老板 Hyun Tae 给了我们一个不小的惊喜。在和他的聊天中得知，由韩国 100 位顶级明星评选出的"明星品牌美发部门第一位"的 Rabeauty Core，是清潭洞风、江南风、童颜美发美妆的创始者，也是引领美容韩流的高档美容沙龙。这家发型屋已经开了 11 年，在韩国有 18 家分店，是诸多大牌韩星的专属发型屋。我们熟悉的宋慧乔、高小英、孙艺珍、Kara、玄彬和大部分 SM 公司的艺人都是这里的常客，而宋慧乔在《他和她的世界》中第一次剪去长发，就是受了老板的鼓舞做的新尝试。除了明星之外，坐落在江南富人区内的这家沙龙因为其私密而舒适的环境、轻松而专业的服务，也成为许多富商政客的理容首选地，三星的老板也经常会过来做发型。如果现实是部韩剧的话，这家店应该是发生很多偶遇的重要场景吧！

"如果说 90 年代的女生是看脸蛋，2000 年是拼身材，那么现在就是以发型取胜的时代！"Hyun Tae 用玩笑的口吻和我们说着，却看得出他特有的自信，"韩国女生非常看重三个地方，牙齿、皮肤和头发。现在江南最为流行的就是有着可爱童颜加上性感发型的女生，如果再加上这三个细节，那你就是如今韩国最具人气的女生了。"就在和 Hyun Tae 聊天的过程中，一个新的造型已经出现，镜中的自己，焕然一新。

Saint Maria Novella

街角偶遇世界上最古老的药妆店

如果你去过意大利，那你一定知道Santa Maria Novella。今天在狎鸥亭街角遇见的Santa Maria Novella不是翡冷翠的那座教堂，而是对爱美的MM们而言比教堂更吸引人的同名药妆店。在极具摩登都会气息的狎鸥亭个性小店中，偶遇这个世界上最古老的药妆店，让我不禁感慨旅行的奇妙。

四百年未曾改变的尊贵配方

走出Rabeauty Core所在的小巷，立刻就被对面充满欧洲气息的金色店面吸引。“天啊，是圣玛丽天使啊！”我惊喜地在这儿发现了自己喜欢的意大利药妆品牌，“这个可是全世界最古老的药妆店哦，四百多年来没有改变过配方的全手工制作，身体乳和香氛是一定要买的单品。”按捺不住激动的心情，边介绍边拖着女孩们走进这家仿佛佛罗伦萨老店翻修改建的首尔店。

推开店门立即闻到沁人心脾的香味，店内和江南大部分小店一样客人不多，显得异常安静。欧式的货架和古典的柜子里摆满了各种各样的香氛、香皂、乳液、蜡烛，让人目不暇接。

Saint Maria Novella的悠久历史可以追溯到13世纪。当年，它由修道院的修士创建，最初只是在佛罗伦萨圣塔玛莉亚诺维拉大教堂内的庭园种植药草，将其制成香膏、乳霜等保健、保养品，提供给修道院内的医疗所使用，后成为专为托斯卡纳名门——梅第奇家族制作化妆品、日用品和药品的药妆店。几个世纪后，梅第奇家族虽然灭亡了，但是这家药妆店却保留了下来，并向公众开放，当时被大众誉为“王庭专供药厂”。尽管后来脱离了教派的主持，仍遵守该药厂传教士们精良的传统制作方法，用传统手工艺精心制作纯天然的香水、香皂、香波等，不使用任何化学杀虫剂、除草剂，不做任何动物试验，坚持选用最好的天然植物品质。

药妆店内的每种产品背后都有着悠久的历史，比如专为美第奇家族卡特琳娜研发和制造的“女王香水”。卡特琳娜加冕了法国王妃，让这种珍贵的香水在法国家喻户晓，几百年来，这个历史上最古老的药妆店一直被世界各地的名流所追捧。

“她家的玫瑰水、洁面皂、金盏花面霜、古龙水和身体乳都非常好用！”一直在意大利出差，对这个品牌的熟悉程度并不逊于店员的我，喜欢有历史感的包装和具故事性的品牌历史，忍不住一个个推荐给女孩们。玫瑰水几百年来延续至今的古老传统配方，萃取了佛罗伦萨山丘的蔷薇花露，富含天然荷尔蒙、维他命 C，具有美白和保湿的双重功效。金盏花修护面霜是我极力推荐的入门产品，质地相当厚实，刚刚接触到皮肤的几秒，会让人觉得有点腻腻的，但之后马上就吸收了，涂抹后完全是哑光感的，舒缓、镇静，修护作用异常强大，非常惊艳的一款。

玫瑰香水是 Santa Maria Novella 最富盛名的香水，纤细的五月玫瑰精华，象征着永恒的爱情，纯洁、美丽。前调时青涩感觉比较明显，有点苦感，味道散开后，甜度开始慢慢增强，深闻，能感觉到很清新的绿意。随着时间推移，甜意逐渐淡薄，木质调的味道慢慢变得突出，感觉像是绿叶或者草本之类，优雅地贴着皮肤散发，虽说是古龙水，但是留香时间并不短，好似一朵华丽中透着沉稳气息的玫瑰，前甜后苦，好似爱情本身，而我个人更喜欢后半段的表现。

店员见到我这般热情地介绍，更是欢喜，告诉我们这家店是首尔唯一一家专卖店，因为对品质的坚持，受原料所限，直到今日，Santa Maria Novella 在全球也只有不超过 30 家专卖店。谨守过去修道士们的精神，仅有最高级与天然的成分才可被使用。在首尔街头遇见翡冷翠的精华，西方古老配方的美颜神药在年轻的狎鸥亭依旧获得东方女人们的垂青。

地址： 首尔市江南区清潭洞 83-18
电话： 82-25424073
网址： http://www.queens-park.co.kr/

OFFICINA PROFUMO FARMACEUTICA DI S. M. NOVELLA - FIRENZE
SAPONE al MELOGRANO
OFFICINA PROFUMO FARMACEUTICA DI S. M. NOVELLA - FIRENZE
SAPONE al MELOGRANO
SAPONE ALLA MENTA
RINFRESCANTE
E LEGGERMENTE ASTRINGENTE

Caolion

拜会吃化妆品的女人！

对于女生来说，来韩国最难抵抗的诱惑便是街边那些可爱精巧、琳琅满目的化妆品店了。便宜又好用，狂打偶像牌的韩国本土化妆品总会涌现新的人气单品，于是向韩国当地的女生朋友打听，想要知道韩国女生私下真正会使用的化妆品。原来大部分韩国女生也会通过网络订购美妆品，于是饶有兴趣地查了下当地的几个美妆网购网站，想要做一回“美妆小白鼠”，找到几款韩国本土大热的单品回去试用。也就是这一搜索，看到了令人震惊的热搜词“吃化妆品的女人”！

首尔热卖“可以吃的化妆品”

从在首尔美妆网站上销量排名第一单品收缩毛孔面膜开始看到 Caolion 这个名字，相关热搜词除了 skin chief、无添加纯天然化妆品外竟然还有“吃化妆品的女人”。好奇心驱使我们亲自去一下位于清潭洞 Galler 对面的门店，探探这个韩国的国民口碑品牌，于是，这家店也出现在了我们江南必到的名单上。虽然没有遇上传说中这位吃化妆品的女人，不过却遇上了主理这个品牌的韩国帅哥 Jin。一直往返于首尔和上海之间的 Jin 得知来自上海的我们是特意来了解这个品牌后，用他并不熟练的中文热情地接待了我们。

在 Jin 的介绍下，我们了解到，原来传说中“吃化妆品的女人”指的是这个品牌的创始人 Joo Jin Young 女士，她因为本人皮肤非常敏感，对化学品成分过敏，所以从 20 年前就一直致力于研发适用于敏感性肤质的无刺激性纯天然化妆品，是韩国非常出名的化妆品匠人。从成功研发了第一支青梅成分的产品开始，成立了这家韩国国内最早推出无色素、无香料、无酒精的三无天然化妆品的公司，现在已突破“三无”概念，打造了无防腐剂、无矿物质油等成分的“十七无”纯天然化妆品。而她也坚持每一款化妆品都会入口检查，还提出了用天然果汁替代自来水用于化妆品中的设想，更加补充肌肤营养，当然这样入口也更加美味吧。

我们把自己的肌肤状况和要求告诉店员，让他帮忙挑选起适合自己的系列。当然，韩国的国民毛孔面膜——令毛孔富有弹力的收缩毛孔面膜是我们人手一支的必备。和其他主打收缩毛孔的涂抹式粘土面膜相比，这款追加的天然保湿成分改善了产品的保湿力和延展性，是干燥时使用也不会龟裂的粘土面膜。在收缩毛孔的同时，令肌肤更具弹力，特别适用于暗淡、失去弹力的肌肤。

具有美白保湿功效的毛孔收缩面膜——奶油面膜也是店员极力推荐的新人气单品，反复强调着能令因失去平衡而变得黯淡无光的肌肤像蒸糕一样白嫩！涂在手上试用，这款特别的、具有蒸糕般细嫩使用感的面膜，含天然黏土、陈皮、米粉、麦粉等天然成分，能彻底清除毛

孔深层的老化物、残渣、过剩皮脂和老化角质，适合习惯用面膜去角质的我。含有保湿特许成分熊果酸、二磷酸腺苷二钠盐等天然功能性成分，一次性解决保湿、补充营养、美白、改善皱纹等肌肤诉求，也适合懒人 Ikwa。

选好化妆品后，Jin 带我们到隔壁的咖啡厅小坐一下，和我们聊了他这两年往返于首尔和上海间的感受。在美国读完法律回到首尔的 Jin 继承了家族的美容事业，四年前他来到上海，看着韩流一波波涌入中国，意识到现在最好的商机。“如果说第一波韩流是因为艺人——那些偶像剧、韩流音乐的话，那么第二波韩流，也就是现在最红的韩流绝对是韩国美容，不仅仅是韩式整形，还有韩国化妆品。”Jin 自信的话语，让我们不由在脑中快速整理了一下这几年使用过的那些便宜又好用的韩妆好物。

T Lound

首尔内室设计最棒的酒吧

晚餐吃得太饱，我们决定就在夜色中的清潭洞散步，看看白天那些热闹的时装店和餐厅在夜幕中依旧闪亮的样子。而清潭洞的这些小巷在夜色中就显得更加错综复杂，一不留神便会走错方向，不过也因此看到了更多的江南风情。走着走着，在我们面前出现了一幢内部隐隐透出光亮的玻璃房子，前卫摩登的设计风格立即吸引了我们，“好像是个酒吧，喝一杯去吧！”

玫瑰荔枝马提尼和长腿嫩草

进门一楼是个红酒吧模样的区域，气氛温馨，适合放松。踩着大理石的楼梯上到二层，白色内饰的夜店风格，长长的吧台，已经有了些人的舞池和 DJ 打碟区域，灯光十分美妙，营造出有些昏暗和喧闹的氛围，这里汇聚了江南的时髦人士。

找了个靠窗的座位坐下，帅气的服务生递来电子菜单，在电子触摸屏上看着照片选择喜欢的鸡尾酒或者威士忌。莫吉托和荔枝马提尼是我们来到陌生酒吧的保险选择，又点了一杯服务生推荐的以伏特加作为基酒的柠檬味鸡尾酒“With Some Guys”。饮料出来得比较快，玫瑰荔枝马提尼端上时特别灿烂，有小块荔枝漂浮着，忍不住喝上一口，绝对没有用罐头荔枝糖浆，口味清爽而不甜腻，非常让人喜欢。

“其实我悄悄约了个韩国长腿帅哥！他正朝这里过来呢 ~”Bobo 故作神秘地说道。

“真的？”Ikwa 接过大杯芒果莫吉托，喝了一小口，“你什么时候约的？都不告诉我们。”

Bobo 试了口“With Some Guys”，皱了下眉头，“好酸！我来韩国前就和他约好了，打算一起去美术馆。”

“莫非……你想出轨？”我刻意提高声调，Hiro 听到出轨来了兴趣，也附和起来，“Bobo，你终于还是走出这一步了！早就觉得你和你男朋友相处得太无聊了。”

“你们别想太多，不过是一个学设计的后辈啦！不过真的长得很帅哦，而且人也很热情，

知道我和朋友来韩国玩，就说要碰头呢。他就住在江南，应该过来得很快。”Bobo 忙着撇清关系，着急的样子有些好笑。

Ikwa 也忙着打趣，“后辈？太好了，现在韩国最流行的就是姐弟恋呢！”

“长腿嫩草！太棒了，不早点说，我要去补个妆呢。”Hiro 马上拿起化妆包准备去化妆室。

“我也要去‼”就在我们因为有韩国男生到来而显得有些兴奋的时候，一个修长的身影来到我们桌前，他穿着藏蓝底色细白条纹的西装三件套，左手提着刚刚脱下来的深灰色羊绒大衣，和 Bobo 打了招呼后，依次和我们问好。

果然是又帅又有礼貌的长腿嫩草‼我们四个人不禁交换了个眼色，心中暗暗点赞。

“这间酒吧在江南很受时尚人士喜欢呢，”长腿嫩草似乎要找话题和我们聊天，“T Lounge，这个名字来自英文单词“lounge（休息室）”和“round（圆）”。楼下是餐厅，楼上是酒吧，很多艺人会在这约会。”

“看来江南是艺人约会的集中地呀！”Bobo 再次叫来服务生点单。

我非常喜欢这里的设计风格，于是问到关于设计师的话题。长腿嫩草告诉我们这里是韩国知名设计师 Baeck Sun Kim 的作品，他也因这个结合了韩国传统和现代感的设计而再次获得最佳设计奖。我们的话题也渐渐从这家酒吧开始聊到韩国的饮酒文化、建筑设计，不知不觉已到深夜，长腿嫩草绅士地送我们回到酒店。

“明天我们分头行动吧！”睡前 Hiro 突然提议，“各位放心，我留了长腿嫩草的电话，有问题会直接求助他的。”

“也好，我想要逛下江南的美术馆，我们直接晚餐碰头吧。”Bobo 也同意。

“那我要睡个懒觉然后去吃 brunch！”我也投了支持票。

Ikwa 拍了我一下，“那我们两个一起去吃我那个设计师朋友推荐的 brunch 吧，就在林荫道上。”

“好呀！晚上我定了清潭洞的韩牛店，直接在那碰头吧，都不要迟到啊。”

地址：首尔特别市江南区清潭洞 83-1383-13, Cheongdam-dong, Gangnam-gu, Seoul, Korea,

电话：02-5177412

网址：www.74lound.com

XL girls 的时髦休日守则 NO.09

闺蜜，是比男友陪你更久的那一个

真正的闺密，就像一份可靠的保险。当你受到让人无法忍受的侮辱，或遭到让人心碎的背叛，或陷入前所未有的孤独时，你都会因为她的存在而重新振作起来。这里说的闺密绝不是那些只能在一起嘻嘻哈哈的玩伴，她一定是能够和你心神相通，共同分享生命中点点滴滴的同路人。真正的友谊是不拘小节的，亦是包容一切的。

我们陪着彼此从牙缝里不时粘着胡椒粉、一条牛仔裤穿一年的疯丫头成长为穿着高跟鞋和套裙的优雅女子，只有闺密会在你最意气风发的时候给你泼冷水，教你不要忘记“月有阴晴圆缺”的古训；当你遇到挫折时，可以躲进闺密的怀里肆意哭泣；当你最需要支持与肯定的时候，闺密就是那道坚实的后盾。

the Flying Pan White

赖床人士的约会福利地

虽然说旅行的时光是最宝贵的，可是偶尔一次在东大门夜逛，
或者在新沙洞泡吧后，想要浪费半天光阴好好补眠也是会被允许的，
全天候 brunch 的存在似乎就是为了这样偷懒的午后而准备的呢。

朝十晚十全天供应的 brunch

为了赶上热门餐厅的周末 brunch 时间，我们似乎都有过在周末挣扎着起床的经历，而这家林荫道上的人气约会餐厅能够全天候供应 brunch，果真是懒虫们的福音！在林荫道侧的分支小路上，红色砖墙的 the Flying Pan White 就这么出现在我们的视线中，在路口转角，门口摆放着两把椅子安静地等待着路过的人。

一开始听到店名还以为是文法错误，后来才知道原来 the Flying Pan 后面的 White 是指林荫道店，另外，还有梨泰院的 Blue 店、江南站的 Red 店。每家店的装修风格都有所不同，却也都独具个性。这家 White 店的整体风格和林荫道的个性少女系很适合，延续了首尔近年大热的“未完成”装修风格，增加了很多如水晶吊灯、麋鹿、薰衣草等少女的梦幻元素，难怪成为林荫道上的热门约会餐厅。白色的“未完成”风格，木质的麋鹿墙饰、树脂的北极熊、水晶吊灯、绿色植物和桌上的薰衣草，这些看似不相干的元素却和谐地出现在了同一个空间，在我们周围陪伴着我们度过 brunch 时光。

半熟蛋带来的命运邂逅?

这家店以班尼迪特蛋作为招牌菜，在烹调半熟的温泉蛋上自然有一手。流质的蛋黄浇在烟熏三文鱼上，配上菠菜送入口中，“真的是非常传统口味的班尼迪特蛋呢！”让连吃了几日韩餐后怀念西餐的 Ikwa 大呼过瘾。烟熏三文鱼和菌菇培根班尼迪特蛋是典型的西式 brunch 选择，这里的餐品胜在有着朴实的传统口味。

阳光透着被夸张窗花装饰的玻璃窗照在餐桌上、花瓶上和手边正在翻阅的杂志上，多希望抬头的瞬间，窗外能有一个欣长的身影停留，透过窗花间的空隙，四目相对。仿佛一切浪漫邂逅的开始，就应该在这样的一间餐厅。突然，一个熟悉的身影出现在马路对街，是长腿嫩草！他正在朝这家店的方向走来。

不同于昨天正式的装扮，今天是一身连帽卫衣和牛仔裤的休闲打扮，我却还是在第一时间认出了他，连忙隔着窗户招手示意。他似乎也看到了我和 Ikwa，同样挥手示意，然后一路小跑进来。

“怎么啦？”背对着街坐的 Ikwa 对我的一系列动作感到好奇。

“是昨天的那个男生啊。太巧了，就像韩剧一样。”我兴奋地说道，没注意 Ikwa 那欲翻的白眼，只留意到这时长腿嫩草也已经走进店内，果然是适合邂逅的美好餐厅。

趁着阳光正好，好好打量一下眼前的这位长腿嫩草，浓眉毛、单眼皮、高挺的鼻梁，典型的韩国帅哥的长相，笑起来露出的一对虎牙非常可爱，“真的好巧，我家就在附近，经常来这里吃 brunch。”

“这是 Ikwa 的朋友推荐我们来的，也是个服装设计师呢。真是太有缘了！”我们用英语聊着。

这时，Ikwa 给我使了个眼色，用中文小声地说道，“如果你再继续问什么看过的电影，喜欢的画家，感叹什么命运的邂逅的话，我就要先走了，我的戏剧女王。”

被女伴泼了冷水，和韩国长腿嫩草的聊天也只好围绕着江南好逛的店铺展开，本想借机邀请他做一日江南导游，“这个……真是不好意思，我下午有约了呢。如果后面几天你们还在首尔，可以给我打电话。”长腿嫩草在我手机上留下了一串号码后，便礼貌地和我们告别。

“呀，命运的邂逅真不容易啊。神奇地再遇见，男主竟然不能留下来。”我望着窗外渐行渐远的欣长身影叹息道。

Ikwa 用果汁杯在我面前晃了一大下，“那就说明不是命运！别动不动就把别人当成自己的命运好不好，不过是对方凑巧住在附近嘛，还不如说是这家餐厅的半熟蛋，比较受欢迎。”

“适合邂逅的餐厅和命运的半熟蛋啊。”

沉浸在命运恋爱说的人，喜欢睡到自然醒的人，相聚在这个适合享用 brunch 的餐厅，因为这里满满的浪漫氛围，无须追赶时间。

地址：江南区新沙洞 540-22
电话：02-5145585

The flying

Hermès Museum &Café

奢侈品、美术馆和咖啡

在女人的约会计划中，一个拜金物质女的约会地，必须具备的重要因素是奢侈品旗舰店；一个文艺女青年的约会地，一般是美术馆；一个浪漫主义者的约会最好从一个充满设计感的咖啡馆开始。随着奢侈品市场的竞争越来越大，变得越来越聪明的品牌也逐渐从单一的时装零售转型为售卖生活形态，成为一个可以满足以上所有女性虚荣心的时尚约会地。Bobo 今天的约会计划，便从清潭洞这家亚洲唯一的爱马仕大厦内开始，这是真正江南上流社会的约会地，奢华而静谧。

最具江南风的上流约会地

Bobo 沿着狎鸥亭岛山公园散步不到十分钟便见到了这座巨大的爱马仕大厦，这也是继巴黎圣特纳福宝大道 24 号、纽约麦迪逊大街和东京银座之后，品牌在亚洲区开设的最大的形象旗舰店。昨晚听到长腿嫩草聊起最具江南风的咖啡馆 Hermès Museum&Café 后，便计划来此消磨午后，当然也约上了这位可爱的后辈在此碰头，理由是在美术馆需要一个翻译。

久违的新鲜约会，Bobo 放弃了宽大剪裁的 Boy 风，穿起一身素白的修身长裙和粗跟高跟鞋（她在斗争了一个上午后，还是无法适应和驾驭纤细的“恨天高”）。在长腿嫩草未到前先独自在大楼内走了一圈，旗舰店一、二楼是一个 860 平方米的两层楼商店，由韩国新罗餐饮代为管理的 Café Madang 就开在地下一层，同层还有展示品牌文化历程的 Hermès Museum。

大楼的外部全部是用反光玻璃装饰，仿佛披上了一件缥缈的反光外套，而大楼内部的神秘设计，只有走入其中才能欣赏到。如同雕塑一般的爱马仕大楼以中间挖空的形式来平衡建筑的凝重感，从空旷的中庭可以看见大楼全景，从地下室内的咖啡馆到顶楼阳台，在支柱中也运用了满与空的概念，让人不禁联想到阴与阳的概念。

“这应该是亚洲第一家 Hermès Museum，”长腿嫩草如约而至，韩国人的见面问候永远从鞠躬开始，“你好 Bobo，我们先从楼下的美术馆开始逛吧。”

沿着一层店铺楼梯下到 The Promenade Museum 博物馆的入口，颇有些庄严的氛围，由于灯光地面和反光天花板的共同作用，来自另一个世界的不真实感扑面而来。馆内陈列着品牌的一系列经典单品，缓缓讲述着这个来自法国的奢侈品牌的故事。在美术馆约会，一直是 Bobo 最为理想的约会方式，不必费心地找话题，与同样是设计师出身的长腿嫩草分享和交流对眼前作品的理解与感受。偶尔背叛下长久稳定的恋爱关系也是长途旅行特有的放松方式吧，这样想着罪恶感减轻不少。

端起 Hermès 茶具，连话音都变得轻柔

就在美术馆隔壁的 Cafe Madang 从建筑主题到人文气质都让人联想起巴黎 Hermès 博物馆中的图书馆。无论把它当作咖啡阅览室还是一间有着卓越品位的图书馆，这里都是一个可以静下心来小憩片刻的绝佳场所。这里静谧的氛围让无论是客人还是服务生的动作都变得柔缓起来，两人坐下后也不自觉地放低了嗓音，生怕打破这份宁静。咖啡馆的室内风格与品牌格调保持了高度一致，瓷器与餐具也都来自于爱马仕，但这里的消费水平并不像 Birkin 包那样难以亲近，一杯咖啡价格在 13000 韩元左右（约合 75 元人民币），虽然比起首尔其他咖啡店价格翻了个倍，不过对于使用爱马仕餐具喝咖啡的小小虚荣心而言，亦是一种值得。用一壶伯爵茶配上焦糖杏仁慕斯，这边的甜品也是由新罗酒店的甜品师和爱马仕品牌共同研发，无论从摆盘还是配色上都有着浓烈的爱马仕风格。

其实像 Hermès 这样将营业版图从零售扩大到餐饮等生活方式领域，已经成为现在奢侈品牌的发展趋势。就好像 2014 年年初 Prada 宣布收购米兰的传统糕点店 Pasticceria Marchesi 80%的股份，这并非该时装品牌的心血来潮，早在去年，他们就在与 LVHM 集团争夺另外一家咖啡馆运营商 PasticceriaConfetteriaCova 的交易中失败而归。事实上，包括 Gucci、Hermès 等在内的众多时装品牌早已将触角伸及咖啡馆、酒吧、酒店等行业，并将其打造成品牌形象中的重要一环。这些品牌的延伸、扩张，对于我们这类时尚爱好者而言，又多了一些在时尚旅程中不能错过的奢侈品跨界咖啡馆和酒店，更能体会到在旅游目的地找寻时尚聚集地的乐趣。

“我们可以去那里选两本书看，”比起硬找话题的沟通，Bobo 更喜欢两个人安静自在的相处方式，“刚刚看到挺多原版设计书。”长腿嫩草也紧随她来到书柜前，开始挑选想看的书籍。

在这个异常宁静的地方，连手机的震动声似乎都有些破坏氛围，长腿嫩草不得不走出咖啡馆接听来电，回来后神色有些小不安。“你的朋友好像遇到了点小麻烦，昨天那个女孩子刚才电话说在清潭洞迷路了，希望我能够过去接她。需要一起去吗？”

“是 Hiro 吧？我想你过去就可以了。”Bobo 嘴角露出一丝笑意，端起咖啡轻抿一口，“她不太认路，英语也不是很好，不过有你在应该可以放心。我还想在这里坐会，要把这本书看完呢。”Bobo 可不想破坏 Hiro 从昨天就开始制订的计划，虽然她也是在刚刚那个瞬间才明白这位亲密女伴的用意。

“我已经让她在 Market O 里面坐下等我了，离这里不远，”长腿嫩草拿起外套，“那我先过去了，你可以放心，一找到她就会给你发信息的。”

Bobo 放下咖啡，拿起手中的设计书，朝着他轻轻点头微笑，“就麻烦你照顾下 Hiro 了，记得让她多买点 Market O 的布朗尼带回来呀。”

Hermès Café Madang
地址：首尔江南区新沙洞 Dosan Park 630-26

Market O

带回与姐妹分享的绝品布朗尼

虽然能从首尔搬回去和姐妹分享的礼物有很多，不过每次都不会错过的便是“Market O”的布朗尼，从一开始被它俏皮精致的时尚风格包装吸引，后来得知是一款低卡路里的国民甜品，再后来就成了每次来首尔都会被姐妹叮嘱务必带回的最佳手信。

想和他分享的一块布朗尼蛋糕

当长腿嫩草赶到 Market O 时，穿着粉色卫衣和迷你裙的 Hiro 正在享受着这里的名品——布朗尼蛋糕。由糕点师亲手制作的布朗尼，比一般甜品店售卖的布朗尼更精致，口感细腻，味道浓厚，配上香草口味冰激凌一起化入口中，打破了对布朗尼的粗犷印象。

“谢谢你过来呀！”即使迷路也能保持如此乐观享受甜品的，应该也只有 Hiro 了。“这家店真的和我在国内吃到的 Market O 布朗尼蛋糕包装上的店铺一模一样，太喜欢了。”

“其实，Market O 布朗尼蛋糕原本只是在这里的甜点菜单上出现，”长腿嫩草拿着柜台点单给的蜂鸣器，坐在 Hiro 对面，向她介绍起这家“迷路地”餐厅，“好丽友制果集团将其产品化出售后，深受大家喜爱，使得如今这家咖啡餐厅也变得有名气起来。这里一层是以咖啡为主的 Cafe Brownie，楼上是以低热量、低胆固醇的健康料理为主的 Market O Restaurant，是一家专注于制造有机食品的咖啡餐厅。张根硕、Rain、东方神起、少女时代等韩流明星经常来这里吃饭，前一阵我过来还遇上了权相宇全家一起来用餐。”

“真的啊！看来我还真是迷对路了，来到这家那么可爱的咖啡餐厅。”Hiro 递过一把甜品勺，“这个布朗尼蛋糕真的太好吃了，快试试看，就当报答你的救命之恩了。”

“我刚刚进门时也点了这个呢，哈哈，布朗尼蛋糕是来这里的每个人都要点的。对了，你原来要去的地方是哪里？吃好后我可以陪你一起过去。”

“太好了！那就麻烦你啦。”一切果然按照 Hiro 的计划顺利进行。

熟知Market O这个名字的一定是一位韩国通，知道来韩国一定要买的点心就是“Market O Real Brownie(Market O 布朗尼蛋糕)”，其实这一美味点心便源于这家店。Hiro 很是喜欢一层 Cafe Brownie 明快撞色的欧式风情，和其售卖的布朗尼包装上的装修风格真是出奇一致。这里从甜点到 brunch，种类丰富：西西里亚产的原生态咖啡，无防腐剂的有机面包等，全都是手工制作。

当然，来到这里除了亲自品尝新鲜出炉的本场美味布朗尼外，Hiro 也没忘记为诸位姐妹带回品种丰富的 Market O 小点心零食。在一层收银处前面的商品架上，整齐排放着各式 Market O 包装系列点心。在这里你能看到各种时令点心、限定季节包装产品或是普通超市里很难买到的特别口味的点心，而 Market O 的纸袋也只有本店有售。实际上，很多首尔当地人来这里都只是匆忙挑选一些家人喜欢的糕点，或者看看这季有没有新口味的零食贩售。

韩流明星也爱的有机融合菜

二层的 Market O Restaurant 以健康美味为理念，它的料理不仅符合习惯了调味食品的现代人的口味，而且追求色香味俱全。各类新鲜的食材从产地直接运送过来，天然无刺激，消除了低卡路里、低胆固醇的食物都不美味的偏见。以亚洲风味、意大利风味、韩国风味等独创料理为主，也可以品尝到超乎寻常的韩国融合料理，其中一道牛肉明火烤肉拌饭，口感柔软的烤里脊牛肉，淋上味道浓厚的紫苏酱汁及葱花，极具韩国特色的绝妙搭配，配菜有炒豆芽和镶嵌着红米的蒸南瓜，都是健康食品。据说这道菜是张根硕的最爱，也是 Hiro 每次来的必点菜之一，当然，今天假装第一次来此迷路的她，只是在楼下简单地吃了块布朗尼蛋糕，便愉快地拖着长腿嫩草陪她逛起了韩剧中最常出现的江南约会地——罗德奥时尚街，享受着假装在江南谈恋爱的桥段也是不错。

恋爱时候的小手段、小谎言，在每个爱着的当下，都是可爱到可以被原谅的。

地址：首尔特别市江南区论岘洞 91-6,916 大厦 1~2F

联系电话：02-5150105

营业时间：布朗尼咖啡厅 11:00~23:00(点餐截至 22:30)、Market O 餐厅 11:00~23:00(点餐截至 22:30)

Market

凌晨之家

隔壁桌就坐着韩流偶像?

韩牛！韩牛！作为资深肉食女，从抵达首尔的第一天开始便惦记着这个美味。在清潭洞转了一整天，尝遍了各种甜品和洋食后，更想要吃一顿道地韩牛让胃囊真正地感受首尔。韩国旅游局的友人陈次长向我们推荐了这家以韩牛闻名的烤肉店，并神秘兮兮地叮嘱我们记得留意一下包房里的客人，可能会有惊喜。

盯着烤肉？还是门外？

写着韩文名字的凌晨之家在餐厅云集的清潭洞区域并不好找，靠着手机地图几经波折才找到这家门面并无出众之处的烤肉店，Hiro 和 Bobo 也先后抵达店门口。不过未到饭点却已经排起长队，可见其火爆程度。服务生将我们领进包间，当得知我们来自中国后便安排了一位会中文的阿姨来招待我们。

“是来追星的吗？”阿姨点完单后笑盈盈地问道，“最近好多中国女孩过来这里吃饭，一吃就吃到半夜，都是来等偶像的。”

“这里经常有艺人来吗？”不太爱吃肉的 Bobo 看起来比点单时激动。

“是呀！SM 公司的艺人常常过来这里聚餐，昨天 EXO 里面的几个男孩刚来过。”阿姨平静地说道。SM 公司从练习生到当红偶像一直光顾这家烤肉店，服务生早就习惯了面对这些让女粉丝尖叫的偶像们，聊到这些偶像就好像隔壁家的小孩般，原来这就是朋友提醒我留意包房的寓意呀。

于是在整个吃饭过程中，我们除了盯着炉上那滋滋作响的烤肉外，还分外留意门外隔壁包房的动静，生怕错过哪位偶像的身影。这时那位阿姨又走了进来，手上拿了各种包肉用的蔬菜，依次排开，放下我们点的新鲜韩牛，接过烤肉夹，替我们放在铁炉上烤了起来。“烤韩牛最注重时间，久一点会老，短一点没熟，那么好的牛肉可不能浪费了，阿姨来替你们烤。”炉上的韩牛肥瘦相间，汁水丰盛，手上拿一片紫苏，夹一块韩牛，配上辣白菜、豆芽这些冷菜，包裹起来送入口中，大大的满足感。在阿姨的推荐下，我们也尝试了这边大受偶像欢迎的韩式主食，从冷面到年糕汤，正统的味道令我们啧啧称赞，加快了我们用传统米酒干杯的速度。

地址：首尔市江南区清潭洞 129 － 10

电话：+02-5465739

营业时间：24 小时

那些女生间的小秘密

“今天大家都过得怎么样？去江南哪里逛了吗？”我很好奇各位的行程。

Bobo 拿着烤肉夹将铁板上烤至微焦的牛肉一片片放入我们各自的碗中，“我就在狎鸥亭附近逛了几家书店，在爱马仕咖啡厅里看了会书。那里环境很不错呢，就在昨天一起逛的 Santa Maria Novella 对面。”

“我也在清潭洞附近，在罗德奥街附近逛了一下午，”Hiro 边说着边从包里拿出一大堆东西，“Market O 小点心大家快分了吃吧，Miki 喜欢的芝士蛋糕、Ikwa 爱的巧克力饼干还有 Bobo 喜欢的薯片。看看，还有这一堆巧克力布朗尼蛋糕。”

“啊，最爱的布朗尼蛋糕和巧克力饼干，爱死你了，Hiro。”Ikwa 看到 Market O 立即放下手中的烤肉。

“我还在罗德奥街上买了四个一样的手机壳，快换上吧。”

“好呀，好可爱的设计。”一阵忙乱之后，四个一模一样的手机在桌边一字排开 “快来干杯吧！”

举起米酒干杯后，继续着我们的烤肉局。

忽然，其中一个手机震动，屏幕上闪现了一个熟悉的名字，是他，长腿嫩草！我忙伸手去拿手机，不过，同时伸向手机的，还有 Bobo 和 Hiro。刚才热闹的气氛瞬间有些凝固，我们看了看彼此，突然笑出声来。

再亲密的闺密之间，也总会有一两个小秘密，特别是关于男人。可是，秘密被揭穿的小尴尬不会给旅行带来乌云，当然对感情也是。

Arabia
Cappucino
Origin
Cream
Aroma
Americano
Cappucino
Cafe' Latte
Cafe' Mocha
Caramell Macciato
House Blend
Caffe' Latte
JAVA Estate
TaKe

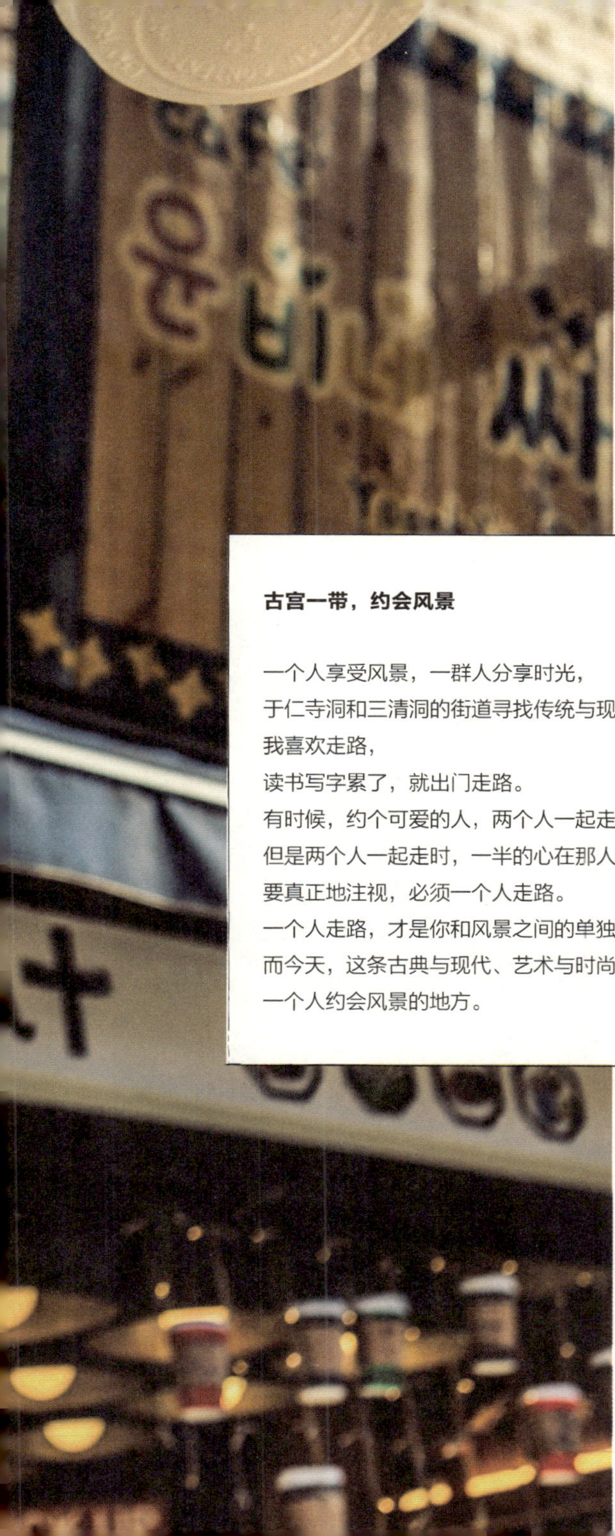

古宫一带，约会风景

一个人享受风景，一群人分享时光，
于仁寺洞和三清洞的街道寻找传统与现代间的平衡。
我喜欢走路，
读书写字累了，就出门走路。
有时候，约个可爱的人，两个人一起走，
但是两个人一起走时，一半的心在那人身上，只有一半的心在看风景。
要真正地注视，必须一个人走路。
一个人走路，才是你和风景之间的单独私会。
而今天，这条古典与现代、艺术与时尚交会的散步之路，无疑是最适宜
一个人约会风景的地方。

Teastory

茶博物馆内的一碗绿茶冰沙

旅游所在地若住了朋友，那么比起一般与此地毫无关系的旅人，似乎多了一种联结感，还能在朋友的带领下深入所谓的当地日常。工作在仁寺洞附近的艺术从业者海笑，顺理成章成了我们此次仁寺洞之行的向导，带我们走入他的日常。和到处流露着新潮奢华气息的江南不同，古宫一带有着最沉淀和传统的首尔，为了配合这样的氛围，我们今天的着装也从皮草、洋装、高跟鞋的华丽江南风格换成了大衣、紧身裤和高跟跑鞋，更好走，也更轻松。

弥散着茶香的博物馆

因为甜品狂热分子 Ikwa 一直吵着要吃冰沙，所以和海笑一早的会面竟然约定从冰品开始。以为海笑会带我们去一家咖啡馆，因为在首尔街头的连锁咖啡内大多有卖冰沙和早点，结果他却带着我们从仁寺洞侧边的小巷绕行，终于在这家韩屋外观建筑前停驻。

“茶博物馆？”我问道，饿着肚子的清晨，参观博物馆的行程似乎不是那么对我们胃口，“这里是一间陈列多国名茶和茶具的博物馆，又是一处品茗茶香的茶室，也是我个人最喜欢的仁寺洞聚会地点！”看出我们的迟疑，海笑边向我们介绍，边带我们从改良韩屋的正门进入，豁然开朗。

古色古香的改良韩屋构造，简单质朴的装修，展台上精致小巧的茶具，都给人一种优雅的感觉。海笑介绍，博物馆里展出的茶具有 110 余种，除了韩国传统茶、日本茶、印度茶，还能找到普洱、龙井等中国名茶。一走进博物馆的入口，映入眼帘的是贩卖世界各国茶的“茶艺商店”，从我们熟悉的阿萨姆、伯爵茶，到第一次听说的莲花茶、黄茶等各种类型的茶都可以在这找到，旁边也有和茶一起展示与贩卖的艺术家亲手制作的陶瓷器与茶具，沿着墙面展示着各式各样的韩国传统茶具及西藏、中国茶具。

享受着茶的小幸福

在各类展品前稍作停留，我们便在海笑的带领下走向有着透明屋顶的室内庭院。这里是供客人品茶的空间，不仅能品到各国的茶品，更能尝到绿茶曲奇、南瓜年糕、绿茶刨冰等独特的茶点。“我和我们剧场的演员经常在这里看剧本，是个能够让心安静下来的地方。”海笑替我们点了一份绿茶冰沙和绿茶年糕，“我推荐试试这里的绿茶制品，是一般甜品店吃不到的香味。”

带着浓郁茶香的绿茶冰沙，圆润敦实的样子着实可爱，用勺子小心挖开，里面好似宝藏一般藏着红豆、年糕和坚果，搅拌后和伙伴们分食。“这种冰沙一定要和朋友一起拌才开心！”于是在海笑的号召下，我们纷纷伸出勺子捣鼓了起来。完全不甜腻的口感，满嘴茶香，直沁入心脾的清爽和这里清爽宜人的环境甚是相配。

“在这可以试试韩国的独特发酵茶——黄茶，能让身体暖和，很适合冬天喝的茶，对女性也非常好。”店员向我们介绍完韩国茶，告诉我们为了可以烧开水、享受多次冲泡的喝茶乐趣，每个桌子底下都准备了电子壶，果然是很贴心的专业茶博物馆呢。

坐在这个空气中弥散着茶香的幽静小院，沏一壶芳香四溢的茶，分享着茶香浓郁的绿茶冰沙和带着童年味觉记忆的绿茶年糕，仿佛一切喧嚣浮躁都已经远离。

“从大学开始来到首尔，对这座城市从陌生到熟悉，这里的很多礼仪对外国人来说确实很难适应，不过现在我已经非常适应这里的生活了。”海笑很久没有和人聊起他在首尔的奋斗史，也和我们聊起一些因为工作关系接触到的韩国偶像们。

“韩国偶像都很能吃苦，没有什么耍大牌之类的情况。从多年练习生竞争到出道，每个人在年少时都经历过同龄人无法想象的刻苦和压力，所以韩国年轻偶像的心理年龄会比同龄人成熟很多。”

这时，一个染着黄色头发的年轻男生走到海笑面前，“这个是我们新排的音乐剧演员，也是个偶像团体主唱，排练间隙来这里休息。”海笑向我们介绍。男孩标准的九十度鞠躬，和频频的弯腰点头，让我们确实感受到了韩国偶像的礼貌和这个国家的前辈制度。

“韩国艺人真的很尊重前辈，无论自己有多当红，看到入行比自己早的前辈都会特地跑过去鞠躬打招呼。如果不这么做，很容易被同行排斥而失去好的机会和发展，因为韩国舆论力量很强，全民监督让这些年轻偶像们随时自省。毕竟他们代表着韩流力量，也肩负着发扬韩国历史、传承美德的责任。”

只有在尊重前辈制度和传承礼仪的国度，像茶文化这类的传统文化才得以受到保护及珍惜。今日早起品味的茶文化，和这个保留了太多历史文化痕迹的仁寺洞，让我们看到了这座因年轻潮流而被大家熟知的都市充满人文关怀和历史传承的另一面。

地址：首尔市钟路区仁寺洞 193-1
电话：02-7356678
营业时间：10:30 ~ 22:20
网址：www.tmuseum.co.kr

色
꽃차, 나에게 말을 걸다
我 欲
Flowering Tea whispers in My Ea

传统茶院

珍藏逸品香茶的相聚时光

茶坊，作为韩国的一种传统茶文化，至今被很好地保留下来。这种包裹在传统外衣下的新鲜存在感，如今也不断吸引着年轻人的脚步，只有亲自在这样被传统风韵萦绕的地方坐上一个午后，才会明白仁寺洞的淡泊与雅静。

首尔之行的“间隔年”

执意要将仁寺洞做进首尔的散步路线，因为在我心中这里有最传统和最艺术的首尔。虽然记忆中大部分对首尔的印象都是浪漫而充满活力的，可是在这样的一个冬日暖阳下，却想要感受这座城市中最典雅的部分，分享杯语心情。就像我们都期待着人生中能有一个间隔年，不必背负太多的工作和情绪压力，只为梦想、为生活、为自己，放空自己随心而行，度过时间，然后再充足电，走回路口继续前行。

仁寺洞，之于我每一次行程满满的首尔之行，都是“间隔年”般的存在，选一杯茶，放一段空，然后再前行。

在我的拜托下，海笑精选了这里最有特色的两家茶坊，巧的是，两家都和艺术馆有关。其实传统茶的本身就是艺术，只有带着品茗慢活的心情，才更能感受艺术带来的感动。

傳統茶院

属于我的五味子茶

从上一家茶博物馆出来，沿着仁寺洞的主干道一直走，途经很多古董店和工艺品店，我们在海笑的带领下转入一条胡同后，漂亮的韩国传统房屋马上映入眼帘。位于耕仁美术馆的一角，但是却比美术馆本身更有名，这里就是韩国人常来的，可以享用到15种韩国茶的“传统茶院”。

走入耕仁美术馆，趁机领略这座以美丽的庭园闻名的韩屋代表作。庭园之间摆设了雕塑和装置艺术品，更显美丽。不是印象中传统美术馆那般的生硬且古板，是每个人都可以舒服地参观的空间，以韩国的传统屋子“韩屋”的建筑风格与大自然达到最和谐的境界，在这样富有传统美，且与大自然完美协调的韩屋里举行各种展览，应该就是耕仁美术馆的魅力。

果然是生活在当地的韩国人才知道的品茗好地方，身处在洋溢着韩国风情的茶馆，坐在暖炕上，一边听着传统音乐，一边喝着韩国传统茶，用身心去感受传统韩国文化的意境，惬意无比。据我们今天的导游海笑介绍，韩国传统茶，由于材料的不同，香味各异，功效也不同，大可根据菜单上的说明选择适合自己的茶。我要了一份五味子茶，甜中带酸，适合女生的味道。

“对于我来说，茶坊是个适宜看书和思考的地方，因为节奏缓慢，要慢慢等一壶茶泡开。而咖啡馆则是约朋友谈事情的地方，店里面的音乐也都是流行的快节奏。比起约在咖啡店，我更喜欢这种韩式的慢生活。”海笑说出了大部分韩国年轻人对茶坊的感觉，这也是为什么在满街林立着咖啡连锁店的首尔市中心，总能找到几家慢生活的茶坊。

看着不远处的猫咪，它蜷缩在屋檐下，同我们一起享受着冬日的暖阳。尽管在商店里也可以买到袋装的传统茶，不过那些作为手信带回去的速溶传统茶，味道远远比不上传统茶院中的茶香。何况是在这样一个有着传统人情和典雅魅力的茶院，和聊得来的友人一起分享的这段惬意的时光才是旅途中无法复刻和带走的回忆。

地址：首尔特别市钟路区宽勋洞30-1，耕仁美术馆内
电话：02-7306305
营业时间：10:30~22:30 ※ 夏季至 22:50
网址：kyunginart.co.kr

土俗村

参鸡汤的话，还是这家！

作为参鸡汤狂热粉，每次来首尔总是会缠着当地朋友带我尝试一下新开的或人气高的参鸡汤专门店。一来二去，把首尔热门的参鸡汤店如“隔壁的皇后”、“明洞的高峰”等都试了个遍，而当我回国后朋友问起去首尔一定要吃的美味，我每次的回答都是一样，“土俗村的参鸡汤！”

“韩国最好吃的参鸡汤”、“前任总统也很喜欢去的参鸡汤店”……土俗村是曾被多家电视、新闻和杂志等媒体采访报道过的顶着诸多“最”字光环的参鸡汤名店。是少数我们四人每次赴韩必到的一家，这次也不例外，前往景福宫重温名副其实的参鸡汤之最。

因为早已预料到土俗村在用餐时间门庭若市，所以我们特地避开了中午用餐高峰期前往。不过到门口时还是看见一条长长的队伍，看来人类对美食的热情是不分时段的。“土俗村”位于韩国代表性古宫“景福宫”附近，有着25年的悠久历史，是具有代代相传特点的传统店铺。店内宽大舒适，可以容纳约四百人同时用餐，所以虽然排在队末，但不到十分钟我们就被带入有着地暖的坐席入座。

老规矩，一人一碗参鸡汤！

虽然平时四人食量都不大，但是当服务生用中文问我们需要几碗参鸡汤的时候，我们异口同声地说道：“四碗，一人一碗！”对美食的贪念，才是我们迟迟减不了肥的根源吧！

服务生微笑地递给我们餐牌，随后便端上了特别招待的人参酒。碰杯暖身，吃着餐桌上熟得恰到好处的泡菜，等待着我们的主食上桌。参鸡汤端上来后，便迫不及待地喝了口浓汤，清香浓稠。这里的参鸡汤用精选糯米、四年高丽人参、南瓜籽、黑芝麻、胡桃、松子、栗子、枣、银杏、大蒜、葵花籽和“土俗村”秘制的三种营养丰富的食材煨制而成，是鸡汤中的极品美味。放入多种材料的土俗村参鸡汤，其中最令人印象深刻的是瓜子仁，这有可能是这家参鸡汤味道香的理由吧。翻开鸡身，金黄光亮、酥烂脱骨的鸡肉及鸡肚中的糯米吸收了汤汁的鲜美，放入口中便似要融化掉的软嫩鸡肉鲜嫩滑糯，配合融入了鸡肉精华的醇美汤汁，真的是绝品的一味！

XL girls 的时髦休日守则 NO.11

美术馆是旅途中的乌托邦

昔日的美术馆总给人阴沉、昏昏欲睡的感觉，古典繁复的建筑里飘浮着一股发霉的腐尸味。所有的艺术品被珍藏在阴暗的角落，除了考古学家和少数艺术工作者之外，几乎没人会去造访这些沉闷的都市空间。不过新世纪的美术馆却不是如此，摩登明亮的空间好似天堂一般圣洁，所有人进到美术馆，都有如进入一处奇幻异境，充满了好奇的期待。造访旅行目的地的美术馆，甚至成了在旅行途中休憩心灵的好地方，除了了解这座城市的美学风格外，更可以让疲惫困顿的心灵在这里得到平静、省思与复苏。旅途中的美术馆不再是我们传统认知中的美术馆，它逐渐蜕变为一个乌托邦，一个理想国。

美术馆修行

用“看见”采下的稍纵即逝

原来就是首尔艺术街区的三清洞，至今沿街仍有各种不同风格和主题的美术馆，这种漫步在艺术与展品间的午后，相机，则显得不是那么重要，它不过是我们心的注解，眼的旁白。

于是把相机放进随身背包里，随时取出作为心情的笔记。

每一个被我“看见”的瞬间都被采下，而采下的每一个当时，都能感受到一种“美”的逼迫，因为每一个当时都稍纵即逝。

在三清洞沿街而建的美术馆内，或许没有那么多历史悠久的稀世藏品，但却能让我们在其中得到某种感动与安慰，可以在美的环境中得到心灵的疗愈，或许这才是我心目中真正的“天堂美术馆”。

一整个下午徜徉在现代艺术殿堂 MMCA 的回归

去年经过这一大片被白色围墙围起来的建筑时，就十分好奇地问了同行的韩国同事，是谁敢和蒙娜丽莎、大卫等开这么大的玩笑？当时，她期待又骄傲地回答，“别了二十多年，韩国唯一的国立现代美术馆今年将回归首尔市中心！里面会有大量韩国及国际顶尖的现代艺术家的作品，韩国终于有了可以媲美纽约 Moma 或伦敦 Tate 地位的当代艺术宫殿了！”

所以这次来到首尔，参观这幢新开启的现代艺术殿堂，便成了三清洞的美术馆修行中最重要的一项。整个美术馆面积广达二万七千多平方米，像极了一个艺术社区。单从外表却看不出来，直至进到正门，才知状似独立的各座建筑，底下竟连成一体，占地五层，包括地上三层，地下两层，各有信道串连。在这样的寒冬季节，不用走出走入地穿梭各馆，确是叫人感动！

MMCA在2013年11月开馆，为保持新鲜感及创意，这里没有常设展，各个展览都是限时展出，发现感兴趣的题材便要把握时机前来一开眼界！目前该馆共设五个主题展览，最重要的展览无疑是主馆中央的The Box Project（箱子艺术），这里展有韩国现代艺术界名人徐道濩(Do-Ho Suh)的艺作《房中屋》（*Home Within Home*），走进这座巨大的“蓝屋子”，就如置身于现实民居，看介绍，外层楼高十二米的西式房子，是徐道濩参照早年他在美国读书时的房子制作，至于内部悬挂的韩屋，则是他的儿时居所模样。他将两者结合，配合外层围绕着展品的展览馆，展览馆又位处首尔内，首尔又是韩国的一部分，以此呈现出空间的无限延伸意义！

除展示韩国本地艺术家的实力，馆内也展出外国艺术家的作品，其中由加拿大人Philip Beesley与其他设计师、工程师共同制作的《附生植物之屋》（*Epiphyte Chamber*），便是另一主题展览阿列天设计展（The Aleph Project）的重点展品，由一条条胶带及玻璃管结合而成的大型装置犹如人体器官，展品更会由于参观者的接触甚至呼吸呈现不同色彩，非常奇妙！

除了各个主题展览外，在馆内细心点看，其实处处都暗藏艺术摆设。比如摆在大楼露天庭园上的陶瓷破鸡蛋、接通暖水恒温装置的红色椅子，以及投射在墙壁上的变幻光束等等，都是不同艺术家的心血作品，值得细细欣赏。走累了就在馆内的精品店及咖啡厅稍作停留，足以消磨大半天。

地址：30 Samcheong-ro, Sogyeok-dong, Jongno-gu, Seoul
电话：82-237019500
营业时间：10:00~18:00（**星期三及六至**21:00，**星期一休馆**）
网址：www.mmca.go.kr

疯狂的当代艺术 Kukje Gallery

途经这座美术馆时，第一眼便被走在屋顶上的那个女人所吸引。

危险？请镇定！其实这是艺术家 Jonathan Borofsky 的作品《在屋顶行走的女人》（*Walking Woman on the Roof*）被独具慧眼的馆主收藏并常年置于屋顶。

眼前这座造型别致的 Kukje Gallery 自从 1982 年开建以来，一直处于代表韩国现今重要趋势及展示国际当代艺术的前沿位置。近三十年来展出了无数海外知名艺术家的作品，在挖掘新锐艺术家领域也是不遗余力，可以说是韩国当代艺术的领军者，也是三清洞区域最大的一座美术馆。一共分成 K1、K2、K3 三个大型展馆，其中不少大型作品会直接放在户外展示。带着未平复的激动，我们走入纯白的馆内，静静感受 Damien Hirst, Eva Hesse, Jean-Michel Basquiat, Joan Mitchell, Louise Bourgeois, Anish Kapoor 等这些当代艺术名家的展品魅力。

地址：首尔特别市钟路区昭格洞
K1 54 Samcheong-ro, Jongno-gu Seoul, 110-200 Korea
K2 48-10 Samcheong-ro, Jongno-gu Seoul, 110-200 Korea
电话：82-27358449
传真：82-27334879
营业时间：周一到周六：10:00 ~ 18:00，**周日／节假日：**10:00 ~ 17:00
网址：http://www.kukje.org/

学古创新，静来赏画——学古斋

离开 Kukje Gallery 步行几步，便看到了墙头的另一尊钢筋雕塑，好似一对恋人般的姿态。原以为又是一个以现代艺术为主的美术馆，不过走近几步，发现是一座把韩国传统建筑与西方现代建筑完美结合的画廊。“学古斋”的外貌如它的名字一般，古典感觉强烈，甚有传统韩屋的美感，但又隐隐蕴藏着西式洋房的现代美，可谓是对韩屋独有韵味的神奇诠释，与三清洞的整体氛围十分贴合。

这种通过“古”与“今”的交融反问现代美术正统性主题画廊，对于学习国画出身的 Hiro 极具吸引力。这里展出的画作，从古代传统韩风画作到现代风格的艺术品都有，共同点是都充满了韩系的风味。简单而宽敞的展厅，让我们得以专心欣赏每一幅作品。与画廊工作人员聊天后得知，“学古斋”还经营一家出版社，以出版传统艺术书籍为主。而它的第一间海外画廊已经于 2013 年底落户上海 M50，并且在策划第一个中国展览，让我们都非常期待韩国美术在上海的发展，也希望能唤起对传统美术价值的全新挖掘。

地址：首尔特别市钟路区昭格洞 70

电话：02-7201524

营业时间：3 月 ~10 月，周一到周六：10:00 ~ 19:00、周日：10:00 ~ 18:00

11 月 ~2 月，周一到周日：10:00 ~ 18:00

OPEN
Seoul Design Festival 2012
SEOUL
DESIGN
SPOT

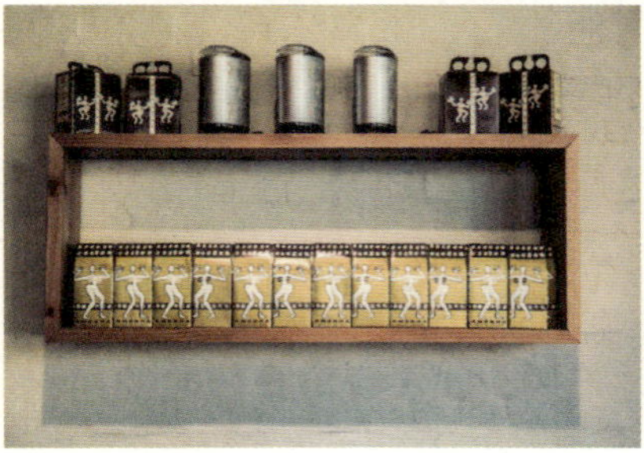

COFFEE
FRESHLY MADE
FOR
YOUR ENJOYMENT

美术馆修行的最后修心地 Cafe aA

甜蜜的蛋糕与著名的家具在这里等着你。—— Gallary Cafe aA.

一句话介绍：这里有来自世界各地的仿古家具，这里也有最好喝的咖啡。

每个人心中应该都有自己特别喜欢的店吧。
也许因为美味，也许因为环境，又也许是因为感情。

而 cafe aA 对 Ikwa 来说，就是个兼具以上三者，每次来首尔必去的有爱咖啡店。听闻此店在三清洞有了分店后，这次没有再去人头攒动的弘大总店，想要以此作为这次三清洞美术馆修行的最后歇脚处。

这既是一家咖啡店，也是一家家居设计博物馆。在这里，坐着喝咖啡的椅子也都不可能是普通的，因为每个椅子背后，都藏着一个主人把它搜罗回来的故事。店主是特别家居收藏家，从欧洲搜罗了各式各样的家居古玩，希望所有人都可以欣赏和购买到它们，于是便构思了这件结合博物馆的咖啡店。在三清洞的 cafe aA 里，Ikwa 和女孩们讲着从弘大 cafe aA 听来的故事。答应大家下次再来首尔，一定要去弘大总店看看那些有着故事的椅子，推开那扇从英国运回来的老古董神秘店门。

三清洞的美术馆，让我真正体会到“美育”的价值。艺术这件事本来就不是知识的填充，也不是到马戏团观看珍禽异兽的兴奋，更不是充满功利的美学经济思维；艺术应该是很个人的体验，是让人放下重担，让人内心喜悦自在的事。

地址：韩国首尔市钟路区昭格洞 55
电话： 82-27221211
营业时间： 12:00 ~ 24:00
官方网站： http://www.aadesignmuseum.com

走在三清洞的街道上，不经意就会与这些色彩绚丽的时尚涂鸦“相遇”，让眼睛在赶路时也不会寂寞！于是我们约定今天的行程，只是走走喝喝，不用按照计划，只为留有空间和时间给自己欣赏沿途的花坛锦簇、莺啼燕啭，用舌尖和味觉去留住这里独有的传统与现代。

WE
ARE
YOUN

用色彩记录三清洞

眼睛在赶路时也不会寂寞

这个午后我们就这样穿梭在主街和小巷之间，感受着那些让目光驻足的小小感动，令人会心一笑的小摆饰，充满原创精神的设计小店，彷佛时间凝结了一般，享受着新旧交织的独特景致。

想要更加了解三清洞

第二天再次来到三清洞和景福宫的十字路口，阳光下的眼前街景与身后的城市景致迥乎不同，在那一瞬间感觉到这里已与钢筋水泥的城市隔绝。这条街，可以一个人来逛美术馆，也可以像今天这样和女伴们嘻嘻闹闹一路，总之，这是属于女生的一条街。浓烈到化不开的色彩，女伴们不间断的笑声，三清洞街头的冷空气仿佛都被这些小温馨打散。

关于三清洞的名字起源有着不同的说法，其中最被大众接受的是来自三清殿内的三位道教道士太清、上清和玉清。人们很难把首尔市最有个性的街道和源于道教的历史联想在一起，但是这的确是三清洞的起源之一。还有另一种说法，是我个人更喜欢的，因为这里有“山、水、人”三清，形容洁净的山水和廉洁的人，这种清新与纯净的感觉与这条街的气质十分吻合。不知道从什么时候开始，艺术家们开始在三清洞聚集，据海笑介绍是因为以前这一带房价较低廉，又毗邻景福宫和北村等艺术区域，所以吸引了很多经济能力不足的艺术家前来，从此三清洞渐渐成为艺术之街，更成了有超高人气的著名景点。

逛三清洞的乐趣在于，传统韩屋跟欧风的装潢融合得恰到好处。街道两旁是一间一间的精致小店，不管是古色古香的旧建筑配上时尚的室内设计的小店，还是一直坚持传统韩屋风格的小店，都结合得很好，构成更独特的画面。“因为这里别具特色的文化，近几年来引来越来越多的人想在这里开店。因此，除了主街之外，后巷里的可爱咖啡厅也‘蔓延’得越来越广。”海笑特别提醒我们，“一定要钻进小巷子里去哦！”

于是，这个午后我们就这样穿梭在主街和小巷之间，感受着那些让目光驻足的小小感动，令人会心一笑的小摆饰，充满原创精神的设计小店，彷佛时间凝结了一般，享受着新旧交织的独特景致。

这里贩卖着传统却口感浓烈的绵绵冰

我们走着拍着，直到 Ikwa 被这家挂着绵绵冰招牌的传统韩屋吸引，给了我们一个暗示的眼神。就如何我对蛋糕的执着，Bobo 想在每个咖啡馆落脚，Hiro 念念不忘街边小吃一样，对于 Ikwa 来说，尝遍首尔各种传统与改良版的刨冰是她的夙愿。四人同行的旅程，我们愿意用时间和胃囊去尽力满足彼此的愿望，亦是一种和亲密友人一起旅行才能感受到的分享与体贴。

传统的韩式陶碗盛着满满的绿茶刨冰，绿茶冰激凌、软 Q 的年糕、香脆的果仁、甜糯的香蕉，铺在细碎的刨冰上，是一份适合午后共享的甜品，美味之余又能有几分饱足感。

Hiro 第一个放下甜品勺：“不行了，一路吃得好饱。不过这里真的很美，连甜品都变得文艺了。”

我挑出了其中最喜欢的年糕部分，合着绿茶冰沙一起放入口中，“这家的料实在太多了！”

“我喜欢这种料多的！”Ikwa 大口挖着，“把所有东西都混合在一起吃的感觉最棒。和三清洞给人的感觉很像，融合了传统历史和年轻人喜欢的东西，韩屋配上童话壁画。”

“比起首尔的其他地方，这里更有校园的感觉，带着青涩的时尚，不喧闹却充满活力。”Hiro 递给我们纸巾，说着她对三清洞的印象。

“我也喜欢这里特有的艺术气息。从仁寺洞一路到三清洞，就像见证了整个首尔艺术发展的历史，古典和现代交融着的感觉很棒。”看来，Bobo 也完全沉浸在三清洞的艺术风情中了。

融合了整个韩国的艺文精粹、浪漫情怀和年轻清新，这样的三清洞就好像眼前这份料多丰富的综合刨冰般，一次满足了我们对首尔的期待。

팔레트
서울
삼청동
칼라

BRUNCH SPECIAL
Set A ₩18,900
Weekdays 11:00-2:30
치아바타 SANDWICH
Set B ₩9,900
SOUP
PASTA
음료 1잔
JCB

Room to Roam

独立设计师们的自由市场

在沿着三清洞往回走，通向北村的路上见到了这家蓝色门面的、貌似杂货店的小店，想着这次还没有给朋友带手信，于是决定去挑选礼物。原以为这里和大部分杂货小店一样，贩卖设计独特的旅游纪念品，但在和店员沟通后才发现，原来这里的理念大不相同。

Another home

PLEASE TO NOT
TOUCH
lazysunday

小小店铺承载了无数设计梦想

“我们给一些想要出售自己设计的独立设计师一个交易平台。不论是谁，只要他的设计理念被选中，就可以制作成商品在这里出售。”店员在向我们介绍这家店铺的时候，那骄傲并充满热情的目光，至今仍留在我的记忆中。

她的眼神让我想起了以前在弘大的周末自由市场遇见过的一个个等待有缘人来挑选自己手工艺品的摊主。我很感动韩国能给予本地设计师和艺术家这种发展的空间，让他们可以在商业社会生存，并且坚持自己的创作设计梦想。

店员继续向我们介绍，年轻的创意工作者和设计师们更可以通过网络和其他设计师进行合作，Room to Roam 会在商品策划、投资、制作，直到线上线下的销售等各个环节提供帮助。同时 Room to Roam 的网店也向设计师们提供租赁期为一个月的展示区域，不仅可以用于宣传自己的设计理念和产品，也可以通过网络平台向大家出售。

在听了这个对怀揣梦想的年轻人极具诱惑力和鼓舞的策划后，我们决定多花些时间好好逛逛这家承载着无数设计梦想的小店。从家饰摆设、办公用品、生活创意品到首饰、特别的旅行纪念品，这里的每一件设计旁边都有设计师和他的设计理念的英文介绍，希望这些梦想之光能被更多人看到和了解。

我和 Bobo 都在这里找到了自己想要的礼物，带回送给同样在坚持自己的设计梦想的朋友，希望这份共同的设计梦想可以通过这份小小的心意得到延续和坚持。只有为梦想努力和坚持过的人，才会更加珍惜梦想的重量。

我们终会与这个世界一步一步和解。 妥协也好，投降也罢，可是内心还是希望能有个地方，保留着自己最初的梦想，保留着我们不想失去的初心。也许当我们回头时，那些因为太过坚持而带来的忧伤和挫折还在，但是被梦想浸泡过的时间这把刷具，没有让它们变得更大。这个过程中那些颜色鲜艳的小温馨，从边上一点一点冒了出来，把沿途的感伤和挫败感都稀释了。

地址：首尔特别市钟路区三清洞 35-231

电话：02-7309118

网址：http://www.roomtoroam.kr/index.htm

一杯咖啡 一品韩茶

时间在北村变得缓慢

“走在这里好像有种随时要穿越的感觉！”

“这里没拍过《屋塔房王世子》！不过《冬季恋歌》里面到有过这些场景。”

“我对韩剧倒是没什么兴趣，来到这边就好想找个韩屋，坐下喝杯传统韩茶。”

“可是今天已经喝了一天啦！如果大家走累了想找地坐坐倒是可以，我穿高跟鞋逛得也累了。”

“我想去韩屋里面看看，听说都是以前有钱人的宅子，想看看里面到底如何。”

“快看！那里有卖星星糖！”

“那个很甜的，就是麦芽糖，胖死你！别买了，还是找地喝茶去吧，我也要找个厕所。”

……

“这些房子里面现在也都是住人的，拜托大家声音都小点吧 !!!”

快乐喧闹着的时尚女孩们在北村的散步，本身就是一道风景。

偶尔当个到此一游的观光客

虽然说我们出发前就约定了这次首尔之行绝不观光，但其实再怎么避免观光，还是无法抗拒想要亲身感受首尔历史的好奇心，决定参观北村。不过，在观光区里我们依旧坚持着“休日原则”，不去需要买门票的热门景点，要跟观光客挤来挤去的区域尽量不靠近，走走停停不赶路。于是，在三清洞通往北村的那条小小巷口，我们点了杯外卖咖啡，暖暖手心，往北村前行。

北村韩屋村是保存了韩国传统房屋的地方，“北村”是指位于景福宫与昌德宫之间的区域。这里有许多朝鲜时代的两班士大夫居住过的传统宅邸，因此北村不是只为了提供观赏的民俗村，而是以人们实际生活过的村子——11个洞900余栋韩屋为主体的观光景点。

分布于斋洞、嘉会洞、苑西洞的韩屋建筑群是北村韩屋村最大的看点。除此之外，凸显传统特色的各种博物馆、工房和工艺品店点缀其间，赋予了韩屋除参观以外的更多功能。漫步在或宽或窄的胡同，可以看到有历史痕迹的洗衣店、食品杂货店、杂乱得有艺术感的电线、堆得很整齐的大酱坛子……这些不刻意地向我们展现真实的生活面貌，也是北村韩屋村最打动人心的部分。

在路口将一杯外卖咖啡握在手心

因为我们没有走通常观光客的路线，而是跟着上次来过的 Bobo 从三清洞的岔路七拐八拐地随意地走进了北村，经过巷口那家完全韩屋构造的咖啡馆时，Bobo 和 Ikwa 都停住了脚步。原来之前他们都来喝过这家的咖啡，据说这里贩卖着首尔北区最好喝的咖啡，也是让人心动不已的偶像剧《需要浪漫 3》的取景地。店内是旧旧的复古调子，老式电视机、冰滴咖啡、二十世纪五六十年代的招贴画，仿佛替我们重演了北村居民以前的生活日常。看到店门口的小窗上有“Take Away（外卖）”的标识，想要尝试或者回味传说中的美味咖啡的我们忍不住人手捧了一杯，甘醇浓厚，舌尖喉咙都能体会，温暖了双手的同时，也温暖了身子。在首尔的这段时间，我们已经不知不觉地融入了当地人随时都要喝咖啡的氛围中，变得咖啡不离手了呢。

捧着咖啡，进入北村的瞬间就是充满古意风景的开始。感觉就像走在二十世纪七八十年代的小巷中，仿佛可以看见村内孩子们就在身边投球、追逐。古朴素雅的韩屋之美，蕴藏在鳞次栉比的屋宇房舍、错落有致的层台累榭中；静谧悠长的古韵遗风，隐藏在深巷迂回的盘绕之间。夕阳斜辉的映照之下，古香古色的氛围里充满岁月痕迹的陈旧韩屋更令人向往，与喧嚣的都市相比，在这里更能感受到悠闲宁静。Ikwa 拿起相机对准穿过屋檐撒下的阳光，拍下黄昏日落时分的北村景象。我们也把北村的古朴美好留在了脑海中，一路行走，一路嬉笑，直至开头的对话出现。

听不懂，但依然热情

走累了的，想借用厕所的，好奇两班房子内装的，要喝茶的，我们四人带着不同的目的，寻觅着一间传统茶坊。终于在一个拐角处看到了中文的“茶”字招牌，韩屋庭院古朴的模样非常吸引我们，就在门口张望了一下，这时店主老婆婆贴心地将庭院大门打开，让我们拍个够。

在 Ikwa 专心拍照的时候，老婆婆滔滔不绝地和我讲起话来。之所以不用聊天这个动词，是因为我真的听不太懂老婆婆在说些什么，听了一会，大概理解她是在讲这带从前是多么繁盛，以及各个季节来此可以欣赏些什么美景。老婆婆很开心地向我讲了很多话，但是我的韩文能力实在无法回应她太深入的话题。最后我们随着老婆婆进入了这幢带着庭院的韩屋茶坊，坐下点了传统的柚子茶和梨茶。

仔细打量起这座古代两班士大夫宅邸的代表，房屋较刚在入口处咖啡店看到的一般民居宽敞高大，采用瓦顶。住宅所用的木构架和木门窗等都基本不做绘饰，保持天然的纹理，形式简约、少装饰。庭院内按照树种树形的不同穿插种植，形成多层次的立体式景观。庭院虽小，但一草一木生机蓬勃，让人喜爱。整体追求简洁、趋向自然的设计，展现了主人对大自然山水的崇敬和亲近，让人感受到一份面对自然谦和而内敛的美。

坐在靠窗的位置，看着夕阳下的北村风情，和至交好友一起品茗聊天，这样的场景正是最好的休日画面。我们不见得非得过一两年才提醒自己一次得过简单生活，毕竟过好自己的简单生活本就应该是件稀松平常的事。

地址：首尔钟路区桂洞 105 号北村文化中心一带
电话：82-237078388
网址：http://bukchon.seoul.go.kr/chi/index

SALE

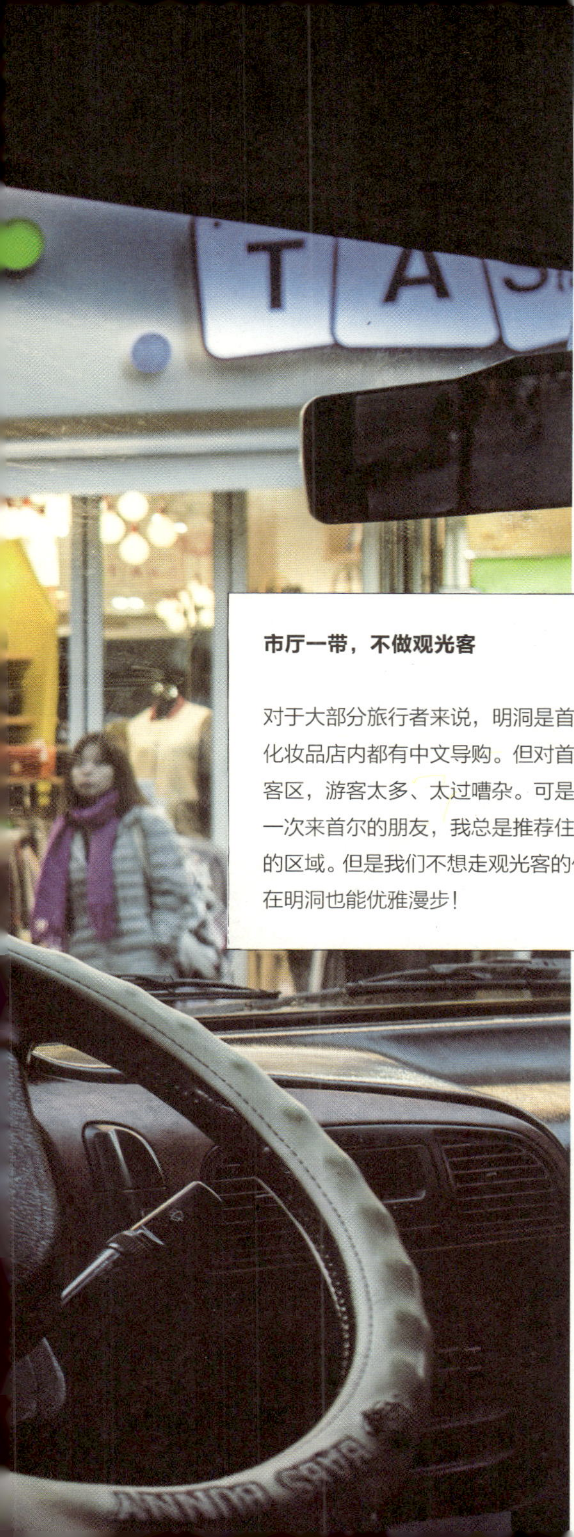

市厅一带，不做观光客

对于大部分旅行者来说，明洞是首尔的必到之处，各家美味分店汇集，化妆品店内都有中文导购。但对首尔当地人来说，明洞等同于可怕的游客区，游客太多、太过嘈杂。可是出于交通和出行便利的考虑，对于第一次来首尔的朋友，我总是推荐住宿在明洞，毕竟这是个去哪里都方便的区域。但是我们不想走观光客的传统路线，于是这次，我们避开喧闹，在明洞也能优雅漫步！

Lotte Hotel：女士专层和雪花秀 spa

憧憬偶尔的小奢华

早就听说首尔乐天酒店内有专供女性顾客使用的特别楼层，于是借着这次和姐妹同行的机会，想要感受下只有女生可以入住的特别优越感。出行前就通过电话早早预约了女性楼层，预订处介绍说入住时就能看到酒店特设的出入门，只有住宿在 22 楼女士专用楼层的女性客人才被允许进出。从办理登记手续开始的优越感，果然很适合这个愈发重视女性地位和感受的新女权时代，虽然我们都不愿承认自己是女强人。

精华大街上的任性时刻

登记之后服务生带我们通过特别通道走向22层的客房。客房由绿色和红色两种色调布局而成，床罩是树木花纹，墙面装饰则是鲜花纹样，演绎出大自然的清新悦目之感。“女性专用楼层的客房装修是由新加坡的Wilson& Associates负责，插花器具、鲜花装饰和沙发等摆设则由来自法国的花卉专家Christian Tortu担任设计。”服务生悉心介绍着房内设备，“酒店免费提供白葡萄酒、马卡龙以及水果，浴室内备有卷发器、直发器以及光子美容仪。还可以通过管家服务租到对面部皮肤护理有帮助的美容蒸熏器和有助于缓解疲劳的足浴器。另外，本层的行政酒廊也是一个图书馆，可以尽情享用，因为是女生专用楼层，即使穿着睡衣出去也没关系。”

服务生走后，我便迫不及待地走入浴室，想要看看那些为女士特别提供的装备，另外，身为处女座的我对酒店的卫生间多少还是有些敏感。装潢以花岗岩石条纹为主

题，灯光设计也很用心，打开橱门，果然从Babyliss的卷发棒到直发器一应俱全，贴心的安排为爱美的我们节省了不少的行李箱空间。门后挂着女性专用浴袍以及粉红色的拖鞋，水疗按摩浴池旁，放置着多种香气的英国Penhaligons浴盐供女士们选择，于是决定当天晚上用香喷喷的柑橘香味。冰柜里连有机美容饮料都有提供，推开窗户可以看见远处的南山塔和夜幕下依旧人潮涌动的明洞商业街，出门便是地铁的便利位置和为女生特别设置的安全贴心服务，真的不该再挑剔什么了。

沐浴之后，我们决定像服务生建议的那样，第一次试着仅穿着浴袍行走在酒店走廊，那种略羞涩的紧张感，随着抵达行政酒廊时看到同样打扮的其他女宾客后终于打消。女性楼层，确实有着让女生尽情放松的安全感。

因为离预定的spa还有一个小时的空隙，决定就在这个以图书馆为设计概念装修而成的女士酒廊里放松一下。仔细翻看了下书柜上的藏书，多是有关烹饪、时尚、旅游、美容、文学和室内设计的书籍，以日语、中文书籍居多，也有有关电影、歌舞剧、音乐会等种类繁多的当地文化节目的信息产品，还有韩国的几本一线时尚杂志。这里的主人真的很了解女性喜好呢，每一本书都让人有静下心翻阅的冲动。

地址：首尔特别市中区小公洞1
电话：02-7711000
网址：http://www.lottehotelseoul.com/cn/

沉浸在韩方古法的凝神空间

女生们一起在首尔的旅行，除了一同分享美食美景外，在街边美妆店内挑选那些令人眼花缭乱的化妆品、交流自己的保养经、互相“种草”、“拔草”，都会是美好的回忆。往返韩国多次，我们自然都有各自喜欢和适合的韩系美妆品、不过当我们知道乐天酒店内有雪花秀的 spa 后，都雀跃着想要尝试下这个集 40 年传统韩方草本之大成的韩国明星化妆品牌的水疗，也当是这几天玩乐后给自己身心的一个最好的恢复吧。在各自选了自己想要的疗程后，我们被分别带入了两间包房，开始感受这个让心灵找回平静的传统仪式。

进入雪花秀 spa 护理房间后，美容师先为我们做了朝鲜时代皇室尊享的芳香干布按摩，用混和自选韩方草药香熏油的棉布唤醒感官。随着护理的开始，我注意到护理所使用的按摩工具很独特，据美容师介绍是以传统为据，亦符合科学原理。冰凉的翡翠与温热的人参协调互补，能令护理疗效倍增。具有卓越净化效果的白瓷，配合吸收与渗透效果极佳的韩纸面膜，有效改善纹理，深层净白肌肤。想必凡此种种精心挑选的按摩工具，均有助提升雪花秀的产品功效，发挥最极致的美疗效果。护理期间，美容师在下腹敷上温暖的艾草暖包，并播放柔和悦耳的音乐，这两个细心的动作足以让身心享受彻底的写意松弛。完成八十分钟的整套护理后，在美容师的引导下进行“相生呼吸”，借着 6 种不同的呼吸方式，裨益不同的身体器官，在此找到身心的和谐和安宁。

最后，品尝一杯香草茶，为疗程作结。

地址：乐天酒店首尔本馆 3、4 楼（入口在 4 楼）
电话：02-3186121
营业时间：10:30 ~ 21:30（每月最后一周星期一休业）
网址：http://www.lottehotelseoul.com/files/FACILITY/menu/sulwhasooSPA.pdf

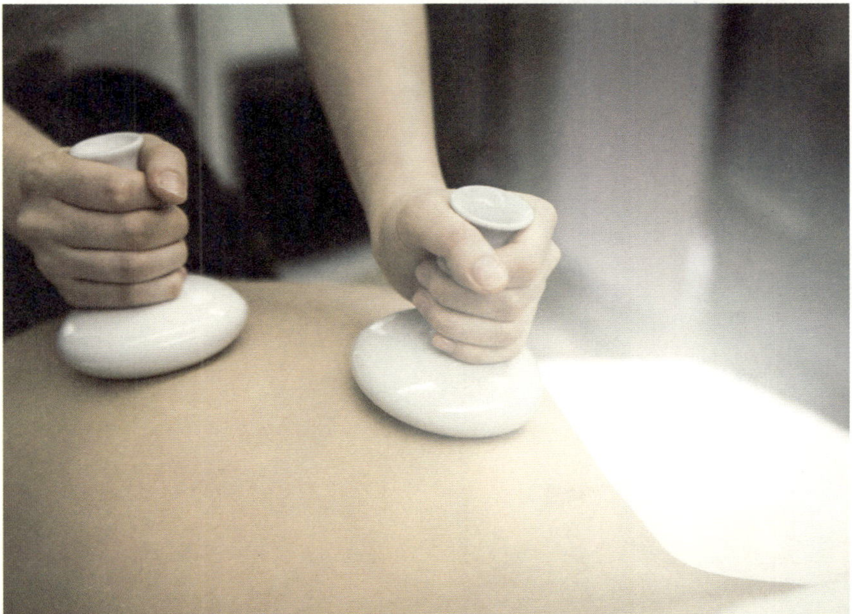

Pierre Gagnaireà Séoul

当一回韩剧女主角

《IRIS》《明星的恋人》《秘密花园》《原来是美男啊》……当我们走进享有世界级盛誉，以米其林三星大厨皮埃尔·加涅尔的名义设立的 Pierre Gagnaireà Séoul 时，那一幕幕熟悉的韩剧场景仿佛就在身边上演。小奢华的旅程中必须有一站，是来到提前预订的热门餐厅指定位赴约，因为那里会承载整个旅程最浪漫的回忆。

敬仰已久的大师级美味

之前在巴黎时就很期待这家号称“美食界毕加索”的餐厅，不过被告知需要提前一个月订位才行，于是留下了遗憾想要在首尔实现。在来首尔之前一个月我就预约了这家由世界名厨 Pierre Gagnaire 开设的餐厅，可惜周末晚上的能够欣赏南山夜景的观景包房却已早早被预订出去，为了这次不留遗憾，只能改订中午的位置。为此也提前和女伴们约好，在行李箱内准备一件美丽的洋装，在这个周末中午共赴这场浪漫之约，虽然是没有男主角的浪漫大餐，也约定好要美美地出现。不过因为更改了用餐时间，原本打算大放血的晚餐也成了只需要一半预算的午餐，何况还是在浪漫韩剧的发生地，品尝着拥有“餐桌上的诗人”之称的 Pierre Gagnaire 所烹调的菜肴，突然有种占了大便宜的愉悦感。

早前就在一些美食杂志上读到过关于他的内容，作为大部分美食家所推崇的米其林主厨，他做菜极为疯狂，经常不计成本代价，也懒于计较利润盈亏，他的创意和狂放淋漓尽致地展

现在厨艺上。在他烹饪的美食里，从来不乏艰涩的异国词汇和罕见的珍贵食材：墨西哥山间某奇异的香料果实、非洲某地独有的植物树叶、亚洲某小岛特有的珍贵香草精油。就是这种痴狂的精神让他赢得三星荣耀和举世的掌声，被称为“全世界最有创意的厨师”。

走过餐厅大堂，发现每桌的菜色都很奢华，摆盘亦相当华丽，可说是色香味俱全，邻桌的甜点套餐亦相当吸引人。据领位的服务生介绍，店内华丽的吊灯、装饰品和270余种葡萄酒，全都是由 Pierre Gagnaire 亲自甄选后再空运来韩国的。在菜肴中使用的食品原材料基本均为韩国最高品质的食材，而在韩国国内比较难觅的高价原料以及珍贵香料等，则从法国直接空运过来。

浪漫包房也可以只和女伴分享

餐厅是以法国凡尔赛宫殿的秘密花园为主题基调设计而成，华丽大气又不失浪漫。设计风格颇为梦幻的 4 个包厢分别用莫泊桑、司汤达、雨果和阿尔贝·加缪这 4 个法国著名作家的名字命名。翻阅这里的菜单，由以三四种菜肴构成的单点菜单 (11 万韩元起)，和 15 种以上的菜肴所构成的套餐菜单（17.5 万韩元起），以及甜点菜单（3.1 万韩元起）组成。我们今天享用的则是午间的四道套餐，从前菜冷盘开始的精美装盘已经让我们连连咂舌。由酸到甜

再到咸，由轻薄到浓厚的四碟冷盘之后，服务生大叔进来亲自为我们切分自家现烤的餐前面包，并亲切地为我们放入面包碟中。有着韩国特色的米面包，是别处尝不到的特色之作，也是我个人的最爱，有着不同于法棍的特别香气和嚼劲，用来搭配菌菇浓汤正是适合。Pierre Gagnaire 的菜肴以复杂和富有艺术感闻名，今日的主食烤羊腿，以雪梨为垫底，再铺盖上薄得透明的黑松露菌冻。伴碟的芦笋非常鲜甜，为味蕾送上了大自然的礼物。浅酌一口侍酒师推介的拉图二级酒庄的红酒，充满花香并带有淡淡的木桶香气的美酒，让人感觉身处于鲜花盛开的花园之中。对于 Pierre Gagnaire 来说，美味已经不是唯一的鉴赏标准，他的食材、盘饰、味道，有冒险，有冲突，有刺激，时常凌驾于你的想象之上。最后上的甜点里，栗子蛋糕和柿子雪葩的奇妙组合，巧妙融合了法式糕点和韩式传统。特别是雪葩上盖着的一片薄薄的透明啫喱，当它在舌头上融化时，清新的感觉让味蕾为接踵而来的甜味做好准备。甜点之后是蓝莓慕斯、咖啡和最后送上的巧克力，这不间断的惊喜和尽收眼底的南山塔、午后暖阳，让我们有种置身于韩剧发生地的浪漫氛围，不，这次我们是真的就在韩剧约会地用餐。

侍者大叔告诉我们，今晚这间包房也是被预订用来求婚的，原来这里每周末都上演着求婚的浪漫戏码，是城中男女最热门的求婚地。在用完了整道午间套餐后，不禁感慨不愧是连续多年被米其林手册评选为韩国最高水平的餐厅，也是唯一入围亚洲餐厅前 20 的韩国餐厅，这位疯狂的主厨和这个有着浪漫氛围的特别包间很好地满足了我们对世界级美味的期待。有些庆幸之前在巴黎未能订餐成功，如果以那时的失恋情绪去品尝这位大师的用心杰作，一定无法感受到精致美食带来的幸福和浪漫。那些提供着昂贵大餐的高级餐厅，不一定只能在特别的纪念日和恋人前往，和最亲密的女伴们一起换上洋装和高跟鞋，一起分享美食与美景，也是对自己的一种宠爱。没有爱情的调味，让我们更专注在食物本身的美好上。

地址：首尔特别市中区小公洞 1 乐天酒店新馆 35F
电话：02-3177181

从 Star Avenue 开始的明洞星踪迹

你来自哪颗星?

有多少人是因为韩剧而爱上首尔?又有多少女生为了喜欢的韩星而一次次来到这里?首尔，因为韩星而充满了青春活力，也因为这些浪漫剧情满是温情。由于工作关系，我一直和韩国娱乐圈有着合作，深深被他们的造星机制和艺人素养所打动。将偶像事业当成重要的文创输出，短短几年时间，从韩流到韩国音乐，韩流文化正在影响全球的娱乐产业。如果来到韩国没有一两个喜爱的韩星，不为街边那些人形立牌驻足尖叫一次，似乎都不能融入这座城市的街头巷尾呢。

“这里！这里！我要和崔始源合影！”

“动作快一点，好多人看着，大清早就发花痴真可怕。”

“Bobo，你来替我和张根硕拍张合影吧。” “Ikwa，你在这里没有喜欢的艺人吗？”

“我是 YG 家的粉哦，这里没有 G-dragon？不过有宋承宪呀，大叔我也爱！”

“大家快过来，这里还有手印啊！我要和他手贴手！”

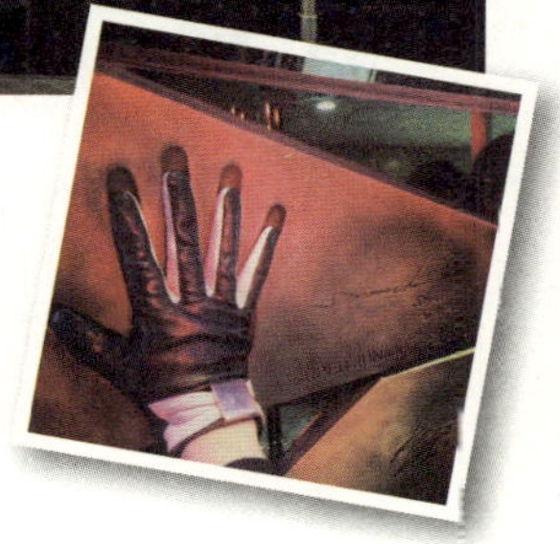

和偶巴来个合影！

留宿在乐天酒店的另一大好处，就是每天出门可以选择路过 Star Avenue，让偶巴们的笑容和我们说早安，听起来有些花痴的早上，却是开启整天活力的源泉。感谢商家在如此繁华的中心地带仍旧保留一块让人可以造梦的空间，偶尔允许自己回到少女时代，重温追星的感觉，也是首尔旅程中不可或缺的一部分。

乐天百货和明洞的乐天星光大道中间集合了乐天旗下几乎所有的当红代言人。如果从亚洲天团 Super Junior 和 EXO、长腿偶巴李敏镐、来自星星的金秀贤、韩流王子张根硕、冬日女神崔智友、温柔绅士宋承宪到 2PM、金贤重这一长串韩流代表艺人名单中还没有你心仪的偶像，那不如走向明洞商业街街头 ，因为在这里可以感受到韩国最当红艺人的真实人气和瞬息万变的韩国娱乐圈风向标。在明洞街头看到的韩流偶像大势新鲜与残忍并存——去年还是由秀长腿女团代言的化妆品今年就被当红炸鸡男团取代。走进明洞并不是单纯吃吃喝喝的游客，他们仔细观察着今季，不，是本月的广告看板。一路从爱丽小屋开始、Innisfree、Banilaco、The Face Shop 等等每家门口都挂着巨幅海报和巨型人牌，李敏镐、金秀贤、G-dragon、Jessica、EXO 每一张脸孔都被印上了大势的标签，吸引着无数韩流粉丝为偶像代言的产品埋单。将偶像艺人最终商品化，也正是韩流最为成功的一点。从小接受着培训的艺人从出道开始就要注意自己一切言行，大至接戏、代言，小到机场私服，每一个细节都是幕后团队的精心之作。在推动韩国文创、流行发展的运输带上，每一个我们心中口中默念的艺人都是其中重要的一环，这也是韩流文化的不可代替性吧。珍惜年轻时为光环着迷的单纯，憧憬和崇拜偶像的心情是青春无法复制的记忆。只有对未来充满了美好期许的内心，才会在当下投入热情与感动。

XL girls 的时髦休日守则 NO.12

在旅行箱里放入小洋装和高跟鞋

我们每一次旅行都要比上一次为期时间更长，行囊却一次比一次轻便。不过再压缩的行囊，只要是去往都会，我都会叮嘱女伴们带上一条能够展现曲线的美丽洋装和一双穿着舒适的高跟鞋，因为我们去往的旅行地一定有一顿小奢华的大餐或者不期而至的华丽宴会等着我们。即便没有英俊潇洒的男主角，我们仍旧要做自己的魅力女主角！

八色烤肉

谢谢偶巴！今天也要精神哦！

为了完成一趟旅行，前置作业耗费的心力其实难以计算，订好机票张罗好住宿，接下来就是让“想去的地方”填满整张行程表。成为“想去的地方”的原因有很多，可能是自己先前去过的私藏小径、喜欢的电影场景、朋友推荐的店、网站的诱人介绍，或者是杂志上的一张照片。位于新村的这家“八色烤肉”就是我两年前从杂志上看来的“想去的地方”，那本记录首尔美食的旅游杂志上花了大量的篇幅称赞这家烤肉的不可错过。所以，每次来首尔总惦记着新村这家八色烤肉，不过每次都因为传说中排得长长的队伍而打消了这个念头，排队的时间对于游客来说永远是梦魇。这次和陈次长遇到，提及最想吃的烤肉，不容分说当属八色烤肉，原来，老板竟然是他的朋友，于是在正餐时间我们享受到了免排队和被老板亲自招待的特别待遇。

演员偶巴的副业变主业

乘坐地铁 2 号线到达新村站，抬头就能看到八色五花肉简单又抢眼的店面，店铺在地下一楼。下楼梯时就能从两侧的墙壁感受到这里的超高人气，深入地下室楼梯边的墙壁上挂满了名人的照片和签名，从墙上一张张的明星签名就能看出艺人们对这里的喜爱。仔细看了下，韩国三大电视台 KBS、SBS、MBC 原来都报道过这里，连日本的杂志和电视台也曾到此采访，店内的各种标示都附有韩日中英等多国语言，真是一家走向国际化的烤肉店呢。据陈次长介绍，他的朋友，也就是这里的老板，其实最早是演员出身，在韩国演艺圈朋友很多，所以这里也经常被用于拍摄电视剧和举行庆功宴。

“欢迎你们过来！都饿了吧，赶快坐下来试试我们的烤肉吧！”就在我们被墙壁上这些照片吸引的时候，老板亲自出来招呼我们，骄傲热情又不失帅气地介绍着他的新主业：“保

八色五花肉套餐 2 ~ 3 人份 30,000 韩元

大蒜　　松叶

红酒　　人参

准你们吃过八色烤五花肉后，吃其他的烤肉都食不知味了！”

走进店内，开始会觉得有点昏暗，但是走到用餐区后又顿感明亮了许多，店内的装潢风格极具古代传统风情，特别是席地而坐的客席区，旁边古代士大夫的墙画让人仿佛置身于几百年前的朝鲜时代。

“我开始是做演员的，开这家店是误打误撞呢！”趁着上餐前小菜的时候，老板和我们聊起了开这家店的有趣经历，“其实这家烤肉店最早是我朋友转让给我用来抵债的，并没有什么八色烤肉，当时很多韩医说多吃烤肉对身体不好，我就想何不从营养学角度，把烤肉和美容、抗衰老这些周围女艺人感兴趣的话题联合起来，所以就和营养学家一起研制了这一套全球唯一的八色烤肉套餐，也算创造了一种新的烤肉饮食文化，让大家有可以挑着吃的趣味。随着生意越做越大，我就申请了专利，专心经营烤肉店，在日本、澳洲都开了分店，今年也要在中国杭州开店了。我们的烤肉，采用国产新鲜生肉，名副其实用八种不同味道的酱料腌制而成，你们第一次来，我就替你们选了这个八色烤肉套餐，四个人一起吃应该刚刚好。试下来有喜欢的味道可以再单独加料，我个人是最爱辣椒酱味的重口味！”说话间，八色五花肉已经依次在桌上摆开。

记得要按照从清淡到浓烈的顺序开动哦

老板为了让我们一次性饱尝各种口味的烤肉，特地选了这个大约三万韩币的八色烤肉套餐。这原本是为远道而来的外国客人特别设计的套餐，但在韩国人中也意外地很受欢迎，因此后来正式登上了菜单。

从最清淡的开始按照口味从清淡到浓烈的顺序排列摆盘，原味（生五花肉）、香草、咖哩、红酒、大酱（味噌）、人参、韩式辣椒酱、松叶。“请记得一定要按照顺序，从最清淡的开

咖喱　　香草

味噌　　韩式辣酱

始尝试。每一种的分量都不多，但可以品尝到 8 种不同的味道，越到后面越是浓烈！”老板如此提醒我们。随着烤肉一起端上的还有很多新鲜蔬菜以及各种特色韩式小菜，让人眼花缭乱。

八色五花肉上桌以后，店员便过来帮忙烤肉，就算是第一次来的我们也不会因为不会烤肉而手忙脚乱。店员熟练地将泡菜、豆芽等放在铁板的下半部分，并向我们解释道，因为铁板有一定的倾斜角度，这样做可以让其染上鲜肉的美味。接下来用切成方块儿状的白萝卜轻轻擦一下铁板，然后将肉放上，两面都烤过后用剪刀把肉剪开，继续烤片刻。五花肉刚放在烤盘上不久就开始滋滋作响了，烤肉的香味扑鼻而来，让人垂涎欲滴。由于腌制过的肉很容易烤焦，所以此时务必要小心，等到五花肉烤得略焦的时候就可以开始好好享用这顿烤肉大餐了。韩式烤肉的传统吃法是将烤好的五花肉放在新鲜的生菜或芝麻叶上，再加入韩式小菜一起包着吃。肉的香浓肉汁和蔬菜的爽口在嘴里结合，仿佛奏响了一曲美妙的合奏曲。老板推荐的海鲜大酱汤也伴随着五花肉一起被我们很好地吃到了肚中，店员这时又在锅中加入了米饭、海苔和芝士，满满一锅韩式炒饭让我们瞬间饱腹。在食物原产地，尽情感受美食的本场魅力，这便是旅行带来的美味感动。

地址：首尔特别市麻浦区老姑山洞 107-111,B1F

电话：02-7194848

营业时间：11:00~24:00(点餐截至 主食类 23:00、饮料类 23:30)

网址：www.palsaik.com

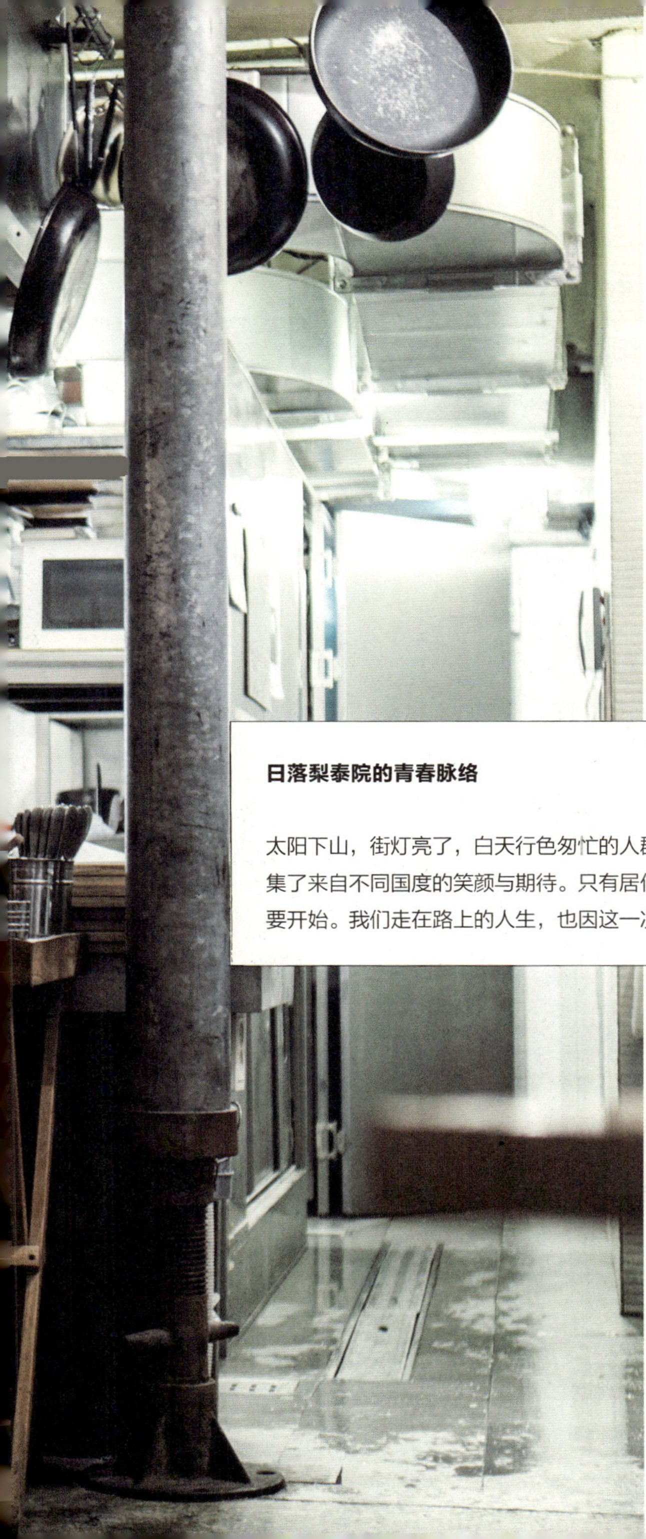

日落梨泰院的青春脉络

太阳下山，街灯亮了，白天行色匆忙的人群逐渐散去，梨泰院的夜晚聚集了来自不同国度的笑颜与期待。只有居住在此才能感受到的夜晚才正要开始。我们走在路上的人生，也因这一次次相遇变得丰满而有活力。

Tasting Room & Miki Creole

这家餐厅和我同名呀！

来到首尔的外国区“梨泰院”怎么能不尝尝这里有特别设计感的洋食呢？于是请来一众首尔美食达人来推荐梨泰院好吃的西餐厅，从首尔最赞的汉堡到充满乐高元素的意面餐厅，听来都非常诱人。可是因为休息日里塞满了太多想去的地方和想吃的美食，所以只能有所取舍，最后决定前往这家Tasting Room的理由充满私心，因为梨泰院这家餐厅以我的名字Miki命名。

即使等位也想要尝试的美食

韩国陈先生介绍说，在梨泰院看到的最醒目的一幢建筑，那就是Tasting Room了。开始还将信将疑，毕竟，在梨泰院有太多装修个性的西餐厅了，不过当整个外墙被一个卡通形象占据的这家餐厅出现眼前时，我想我们是找到了今晚的晚餐地。屋檐下的灯光箭头、大落地窗旁看似随意堆放的食材和入口处的Miki店名，都成了我们各种搞怪合照的景点。不过Ikwa排上号后失望地回来，被告知没有预约的话起码要等位一个小时左右。旅途中难免会碰上一些不顺利，这回还是发生了。不过和女伴们在一起的时间永远都不会觉得寂寞，所以我们决定，等位！

留下电话后，出去喝杯咖啡再回，侍应生已经替我们安排好了座位。黑白色调融合了木质元素，加上四周透光度很好的大落地窗和开放式厨房，白天来一定会认为这只是家咖啡馆，完全没有高级意大利餐厅的压力。沿着金属楼梯走到地下，便被错层挑高、类似图书馆的设计和室内摩登的灯光所吸引，趁着点菜间歇询问服务生才知道，原来这家店是一对设计师夫妇开的，一个是建筑师一个是照明设计师，难怪餐厅能有这么强烈的设计风格。整幢建筑一共有五层，其中地下一层到二层在白天是咖啡馆，晚上是主打意大利餐的餐厅酒馆。楼上还有一个烹饪教室和夫妇的工作室，看来这里的主人真的做到了把工作、生活和理想都置入了这幢楼房，令人羡慕。

当餐品上桌后，我们被其分量所震惊，每一道菜都是几人份的量，像极了西西里岛的装盘。green monster flat简直就是在比萨饼上放了一整盆番茄菠菜和奶酪色拉，不过脆薄的特制饼底是这家的特色。能够毫无遮掩、轻松大口地享受食物的不做作氛围，也是很多年轻人喜欢这里的原因吧。推荐我来这里的陈先生，一直关照我这家的甜品是必点，所以不敢点太多主餐，点了几乎周围每一张桌上都有的海盐爆米花冰激凌和传说中用铁盘装的提拉米苏。不负众望的美味，焦糖爆米花被冰激凌厚厚地包裹着，软硬适中的口感，轻蘸海盐则将这份清甜在口中升华，真的是一道创意十足的餐后甜品。就在我们尽情享受甜品的时候，我们今晚在梨泰院的导游，在首尔生活了十年的美国DJ Jay来到这里，准备带我们开始真正地体验梨泰院的最大魅力——夜生活！于是我带着满嘴的甜蜜，跟这家富有个性的同名餐厅告别，走向夜色被各种街灯点亮的梨泰院街头。

地址：首尔特别市龙山区汉南洞744-29
电话：02-7978202
网站：http://mikicreole.com

Night Clubs in Itaewon

梨泰院的夜，人气夜店趴趴走

若要在首尔选一个地方生活，从小在澳洲长大的 Ikwa 一定会选择住在梨泰院附近，原因无他，因为这里有她吃得惯的西餐和澳洲没有的夜生活。美国朋友 Jay 会选择在梨泰院定居六年，想必也是这个原因吧。而对于当地的年轻人而言，这个曾经的外国城，如今随着越来越多元化的热门夜店的相继开业，已经取代江南和弘大成了时尚夜生活的聚集地。于是离开了 Testing room 后，在 Jay 的陪伴下我们走在笔直的梨泰院街上，真实地感受着首尔的夜生活。

“异胎园”里的热情造梦地

Jay 一路和我们说着梨泰院的故事，他在这六年间感受到的变化。这里居住着来自世界各国的有意思的老外们，很多就像他那样娶了个首尔太太，有了自己的混血小孩儿，安定了下来。也因此，有一阵韩国人将梨泰院翻译成“异胎园”，好像来此的女生也都会被老外搭讪的感觉。与内敛的韩国文化不同，这里聚集了太多热情的异国文化，不论是美食、服装还是夜店，都有着不同于首尔其他地方的热烈的融合味道。每一家店铺背后，每一个来此的外国人背后都有着各自有趣的经历。Jay 说他的邻居好像是个土耳其人，最初来此开了家专卖土耳其汉堡的小店，很小的门面，以为会没有生意，后来经过和韩国的调味食材相结合，变成了一家有着自己特别口味的泡菜风土耳其汉堡店，每天都宾客云集。来此实现梦想或者过着生活的老外们，用他们的新鲜想法和热情铸造了这座首尔“地球村”，这条街也从一开始的洋食街慢慢发展成现今最热门的时尚夜生活聚集地，因为这里的独特个性成了首尔尝鲜者的必到之地。我们一路走着聊着，不知不觉中已经来到 Jay 做驻场 DJ 的 B-one 门口。和首尔夜晚的寒冷空气形成强烈对比，夜店门口排着长长的队列，妆容精致、衣着时尚而光鲜的年轻男女脸上都是即将夜蒲 的兴奋。核对年龄后，依次进入，首尔在禁止青少年喝酒这点上还是非常严格的。

来来回回的往返夜店新玩法

“这条就是艺人特殊通道，G-dragon 和 2ne1 他们来的时候一直走这条通道，直接进到 vip 区域。”Jay 带我们从地上走入地下的 B-one，一路经过三个不同风格的区域，古典感的 A 区，地下风格的 B 区，直到把我们带入摩登感的 C 区，也是他说的诸多 YG 公司艺人最爱的 vip 区域。如果进门前看到路边停有小黑车，那么今晚在这里撞见艺人的概率会很高。环顾一圈，我们都被墙上各种风格感强烈的灯光牌所吸引。说到韩国夜店在气氛上和国内最大的区别，那可能正是全店舞动的氛围。在上海的夜店，大部分国人还是喜欢穿着精美地在卡座上喝着香槟玩着骰钟，而在这里，仿佛所有人都在随着节奏舞动身体。“韩国大部分夜店都是和酒店开在一起的，基本上也都是酒店业管理着夜店。而梨泰院这块区域更是在同一幢楼里面开了好几个不同风格的夜店，这样大家可以根据心情选择不同风格的夜店。不用走出大厦，一个晚上往返几个夜店来玩才是梨泰院式的夜店玩法！”Jay 兴奋地向我们介绍着这块区域里几家知名的夜店，说话间我们已经来到了二层的 GLAM Lounge。“这家是 2012 年开业的酒吧，也是第一家有着装要求的夜店。后来越来越多的夜店也开始有了着装要求。”所幸，我们的旅行理念一直是穿着美美的衣服，去美丽的地方。我们彼此检查了下对方今天的妆容和服装，完美，然后自信地随着 Jay 进入有着一个巨型长吧台的 GLAM Lounge。

暗香涌动的 GLAM 内，和我们摩肩擦肘而过的男男女女都穿着颇为华丽的晚装，男士是西装三件套配口袋巾装束、女人们大都将精致的长卷发披在性感的洋装肩头，果然有着着装要求的夜店更吸引我们。对女生而言，穿着优雅的绅士和带着起伏的音乐，才是真正泡吧

glam
LOUNGE

Eas
B
pensi

的魅力所在。在 GLAM Lounge 的正对面便是新近开业的 Mute Club，有些后现代主义和金属未来感融合的装修风格，十分适合在前两家已经喝得有些微醺的人。鸟笼外形的 DJ 台矗立在正中间，嘻哈打扮的 DJ 热力打碟，吸引着眼球，周围的年轻人们拿着啤酒随性地摇摆着身体。Bobo 和 Ikwa 很喜欢这里的轻松感觉，于是坐下点了两瓶啤酒，随着音乐开始晃动手臂；而我和 Hiro 则决定回去对面的 GLAM Lounge 试试他们特制的大杯莫吉托。

“女孩们好好享受梨泰院的夜晚，我从一点开始在 B-one 打碟，记得要过来玩哦！”“一定会留到一点， 去 B-one 找你的。”我们正期待着像当地人一样，享受着往返转场的梨泰院之夜，享受着我们的青春。

和青春的邂逅

“这个穿白衬衫的男生是不是上周我们在上海 Linx 遇到的那位帅哥？”Hiro 指着靠在我们隔壁卡座的一位男生，在我耳边说，“就是你说长得是你喜欢的类型，在舞池里和你眉来眼去好久的那个，还记得吗？”

“真的很像呀，不过不会那么巧吧。”就在我探头仔细观察这位白衬衫男生的时候，Hiro 已经向那边招手了。

这时，白衬衫帅哥朝我俩走了过来，“你好，请问你们是不是来自上海？”天啊，真的是之前在上海遇见的那位男生，让我不禁感慨缘分。

“是的，我们上周末是不是在 Linx 见过？”

“YES！ That’s cool，give me five!（对，太酷了！来，击掌！）”激动地拍掌，然后邀请我们和他朋友一起跳舞。

白衬衫帅哥向我们介绍着他的韩国朋友，讲述着奇妙的缘分，也悉心地替我们满上香槟，聊着在上海的一些遇见。合身的白衬衫配着修身牛仔裤和擦得光亮的棕色孟克鞋，修长略微壮硕的身材，还有像极了宋承宪的外形，温柔又谦逊有礼，简直符合我对韩国偶巴的全部幻想。

“我先去 Mute 找 Ikwa 她们哦，你加油！哈哈！命运的邂逅。”Hiro 识趣地和大家告别，留个我一个意味深长的笑容。“Miki，一起去跳舞吧！”白衬衫帅哥把我拉进了拥挤的舞池。

一个小时后，我开始联系女孩们。

Miki：你们在哪？一起去 B-one 看 Jay 打碟吧。

Hiro：我们正准备过去呢，不过你不是有命运的邂逅么？

Bobo：对呀对呀，听 Hiro 说了！太有缘分了，好好把握。

Ikwa：你准备叫上他一起去看 Jay 打碟么？

Miki：不，我和你们一起过去 B-one。因为，他男朋友来接他了……

青春，就是对身边事物保持着高度热情，永远对这个世界感到好奇，就能一直生活在我们不想放手的青春时光。

B-One
地址：119-7 Itaewondong Yongsangu,Seoul
电话： 02-7496164

Glam/Mute
地址：116-1 Itaewon Dong, Yongsan-gu, Seoul
(Hamilton Hotel Annex)
电话：02-7966853 / 82-27966853

从 Doota 开始

了解韩国新锐设计品牌吧！

因为工作关系经常接触韩国时尚圈，从设计师、杂志编辑、造型师到模特，每一次合作都被邻国同行们对于时尚的创意和热情所打动，而这两年 made in korea（韩国制造）的设计大多剪裁大胆、配色鲜明，是造型搭配的吸睛百搭单品。所以借着这次访韩的机会，想要入手一些韩国当红的新锐设计师品牌，而夜无眠的购物时尚圣地东大门的地标，被称为时尚先锋、时尚领袖的 Doota，则成了最佳考察地。

B1

地下一楼是年轻设计师的天堂，设计感非常强烈，有很多特别设计的店家，颜色和款式都是现在年经人最流行的。因为都是初出茅庐的年轻设计师作品，所以相对来说价格比较便宜，是年轻人可以轻松消费的地方。

网址：
http://www.lowclassic.com/

Low Classic
简约文艺范，Bobo 的最爱！

这是由毕业于韩国首尔建国大学服装设计的 Lee Myeong Sin、Hwang Hyun Ji 和 Park Jin Sun 于 2009 年成立的品牌。风格趋于干净利落、简约百搭，将街头风尚、运动风尚与高级时装相结合，明亮的色彩和线条都有不凡的美感。整体形象包装将文艺范和潮流范结合在了一起，已经在林荫道有了自己的专卖店。

Wardrobe
Yuri 的上衣购买地

一见到 Yuri 就被她的桃红色上衣所吸引，廓形和色彩都太美了！于是她带我们来到了地下一层的这个韩国设计师品牌店，“这可是我在 Doota 最爱的品牌哦，是我的私人衣橱呢！”强调剪裁和廓形，用料简单但注重质感是这个品牌的最大特色，每一件单品都具有强烈的主角级识别度，所以最近也频繁在韩剧中露脸。

网址：
http://www.suinbag.com/

Suin
Miki 忍不住的购物欲

我一直是这个手包设计师的拥趸，之前在 Aland 买过他的宝石手包，这次见到新款忍不住又购入！手袋设计师 Suin Lee 用自己的名字命名的品牌，最大特点是制作材料使用 Neoprene(合成橡胶)，这种有特殊耐久性的布料材质不仅耐热、有弹性且轻盈，连防水性也很好。活泼的色彩和独特的设计，不仅能够日常使用，在这两年手包大热的趋势下，带上街也是令人眼睛为之一亮的流行单品。

Blue wash Industry
年轻设计师集成店

最后，Yuri 带我们来到了位于地下一层一角的这家设计师精选店，里面全是一些韩国在校或新人设计师的作品，在面料、剪裁和搭配上都充满了新鲜感。有些设计现在看来还稍显稚嫩，不过也许将来就会在纽约时装周的秀场上了，谁又能预言这些年轻设计力量的未来呢？

1F

到了地上一楼，感觉就完全不一样了，衣服的摆放、格局、店面的设计都有高档的感觉。有很多店家的衣服，一个款式只有一件。一楼的服饰店大部分都是已经成名的韩国设计师所设计的衣服，所以价格方面会比较高。一件毛衣的价格在 30 多万算很正常，一件简简单单的衬衫可能就要 50 多万韩币。这里极具个性的服装也经常被偶像团体和艺人造型师挑中，或者出现在歌谣大赏的舞台上，或者出现在艺人的机场私服中。

网址：
www.cresedim.com

网址：
http://www.howandwhat.co.kr/

网址：
http://www.lowclassic.com/

Dim. E Cres.
Ikwa 爱上的未来感

从《天桥风云（韩国版）》*（Progect Runway Korea）*中脱颖而出的设计师 Kim HongBum 于 09 年成立了这个品牌。这个复杂拗口的名字来源于音乐术语“crescendo e diminuendo”的缩写，表示逐渐加强和逐渐减弱的意思，这与设计师设定的品牌哲学一脉相通，展现出女人的强大和柔和、夸张和收敛。设计师喜欢用面料和形状来玩一些花样，却没有夸张到无法驾驭，仍旧保持着时尚的女性化特点，特别是这两季的设计主打未来科幻的感觉，线条利落干净，十分对 Ikwa 的胃口。

Miss How and What
韩国女星的魅力衣橱

设计师 Park Byungkyu 在创新与合理的设计中总能够保持女性最自然真实的一面，通过修身的剪裁及女性化的元素，展现出绝对的女性魅力。相较之前的几个品牌，这个品牌明显要成熟和华丽很多，大量地使用蕾丝，抢眼的格纹和闪光的面料。“这个品牌可是很多女艺人的最爱，一些偶像团体的演出服也经常在这里诞生哦！”Yuri 透露道。

11st
专心只做白衬衫

一个以专门出产有设计感的白衬衫而出名的小众设计师品牌，在衬衫的设计和制作上都十分用心。这家店就占据 Doota 进门左手边的有利地形，虽然每件白衬衫都售价不低，不过却是韩国女白领的心头好，毕竟在强调整体性的办公环境中，有设计感的白衬衫是低调又能展现个性的单品。看到这些极具个性又能展现女人味的白衬衫，我们都很心动呢。

4F

在 Doota 四层男装区有几家设计感和时尚感都非常强烈的男装店。从时下流行的英伦街头风格、到经典的意式绅士风格都可以在这层找到，也让很多韩国本土的男装设计师有了试水的土地，从这里了解市场需求，也有些品牌从这里走向国际 T 台。

网址：
http://www.generalidea.co.kr/

General Idea

G-dragon 也爱穿的韩国设计

这是 2003 年成立的个性男装品牌，该品牌的宗旨就是要发现和定义人与人之间的差异，为每个人找到属于自己的个性。不到四年时间就已经代表韩国走上纽约男装周的秀场，更得到韩流时尚代表 G-dragon、2NE1 的喜爱，常常作为出席重要场合的穿着。简约有型的设计，多材质的拼接，是喜欢硬朗休闲风格的男士们的个性选择。

Sew Classic

经典复古的 Popup 集市

用经典的单品去搭配时尚的造型，这个已经成为时下首尔男生热衷的时尚守则，因此在面向年轻男士消费者的 Doota 男装区内也开设了这样一个复古经典专区。仔细看了下市集内的商品，从美式厚重的军旅风格腰带、波西米亚风格的手链、意大利华丽风的口袋巾领带到英式正统的牛津鞋都有网罗。想要给时尚的异性朋友选购礼物的话，这边应该是首选。

Doota 年轻设计师的梦想舞台

虽然比起东大门其他的服装批发市场和购物商城要起步晚了一些，但以低价、高品质和极具设计感著称的 Doota 有着“韩国第一时装购物商城”的美称。从 1992 年 Doosan 集团在东大门建立了 Doota 这家时尚大厦以来，Doota 一直关注韩国本土设计师，大厦内售卖的品牌百分之八十是韩国本土设计师品牌。这里是年轻服装设计师的梦想舞台，通过大赛选拔出来的新一代设计师们，在 Doota 这个复合型空间里展示着自己的才华。据 Yuri 介绍，百分之六十的韩国本土设计师的第一家店铺就开在 Doota，在此了解和熟悉市场并赚了第一桶金后，陆续在江南成立自己的独立门店。

地址 首尔市钟路乙支路 6 街 18-12
电话 82-233983333
营业时间：周一至周六 10:30～翌日 5:30，周日 10:30～23:00
网址 http://www.doota.com

XL girls 的时髦休日守则 NO.13

要了解最在地的生活，请走入当地人的集市

巴黎的巴士底周日菜场、米兰运河畔的双休集市、巴塞罗那的 La Boqueria 菜场、东京的筑地海鲜市场……就算打着浪漫小资游旗帜的我们也不想错过最具在地风情的平民集市，因为这里有浓厚的生活气息、真实而充满活力的商业街魅力。想要像当地人一样在这座城市生活的我们自然要走入这些热闹的集市，用双眼、指尖和味蕾去记录这座城市的在地生活片断。

KATE GARDEN
MENU

广藏市场觅食记

谢谢你，老板娘，今天也要很有精神哦！

夜幕降临，华灯初上，此时也正是遍布首尔的一些街边小吃开始升温的时间。在酒店待了一整天的我们按耐不住想要吃街边小吃的冲动，决定出门觅食。其实酒店离明洞和东大门都只有十分钟的路程，今夜我们决定去探访最为本土最能感受韩国传统特色的小吃街“广藏市场”。相对路边摊上的小吃，在这里更能品尝到真正韩国的口味，到了钟路区，怎么能错过广藏市场呢。

在地气氛 + 源源不绝的活力

从北 2 门进入广藏市场后，各种韩国传统小吃的香味扑鼻而来。来来往往的人流、吆喝着的韩语、琳琅满目的商品……这才是韩国市场特有的风情，绝不是在一般的百货店或购物商厦里能体会得到的。19 世纪初，广藏市场作为韩国第一个大市场开业了。当时，其他市场每周只营业几天，而广藏市场却天天生意红火，从此往后的 100 余年，广藏市场一直都是韩国市场的领头羊。

市场内贩卖的物品种类丰富，从韩服、布料、绸缎等，到蔬果、肉类、海鲜……应有尽有，现今已成为首尔四大门内首屈一指的美食街，汇聚了韩国几乎所有的风味小吃。由于价廉物美，深受欢迎，所以直到深夜食客依然摩肩接踵，络绎不绝。一进门我们就被各种韩国传统商品吸引了，螺钿细工、高丽人参、海苔等各种特产，只要是能想到的，好像都能在这里买到。不过因为是前来觅食的，所以我们对这里一个个贩卖食物的摊贩倍加留意。越往里走越多卖成品小菜的摊位，从泡菜到膏蟹都有，那些菜让人看了就忍不住流口水，有一种想就着新鲜的米饭，美美饱餐一顿的冲动。“来尝尝看吧！”正当我们站在门口讨论的时候，老板娘笑眯眯地出现了。“这是腌萝卜泡菜！”“这些是腌杂菜，放在保鲜盒里面，每次吃饭时候取一点，很方便。”“这个辣膏蟹是我们的特色，可以试试看哦！”她细心地对我们解释着每一种小菜，虽然最后我们告诉她因为旅行装箱不太方便携带而没有购买，但是老板娘还是跟我们从头热情到尾，听说我们是来找街头小吃的，还连忙向我们推荐起这里出名的几家小吃店。暖暖的人情味透过这种方式传递开来，一下子就充分感受到了传统市场的活力，这种不在预期内的善意才如此珍贵。

亲切的招呼，洋溢着街坊的热情

按着老板娘的推荐，我们来到了这里最受欢迎的绿豆煎饼店——顺熙家绿豆煎饼店。其实来此之前，早就听说广藏市场里有家名声在外的顺熙家绿豆煎饼店，但当我亲眼看到这家店的店内、店外座无虚席，甚至有人在排队候餐时，还是为之一震，于是决定到旁边他家的露天店去外卖带走。趁着朋友排队的间隙，我来到做煎饼的炉台前一探究竟。原来，绿豆煎饼主要由绿豆粉、泡菜、绿豆芽、大葱、大蒜调好，然后用玉米油煎制而成。更让感叹的是，生意这样好，顺熙家绿豆煎饼店里仍设有试吃区，欢迎来往的人们与等候的客人免费品尝。看到我好奇的样子，大妈边煎着绿豆饼边告诉我说，绿豆煎饼味道的好坏主要取决于泡菜、绿豆的质量和火候的掌控，并且还贴心地替我们切块分装，并给了我们配菜的泡菜与酱洋葱，告诉我们交互搭配着吃，能够消除绿豆煎饼油腻感。接过递来的热腾腾的煎饼，迫不及待送入口中，由于大妈们火候掌握得好，绿豆煎饼表皮香脆、内部柔软，咬了一口，顿时只觉得满口都是浓郁的绿豆清香。看着炉子上滋滋作响的绿豆煎饼，尝着手中刚出炉的煎饼，耳边传

来女伴和食客们开心的笑声。简单的食材延续了妈妈们的手艺，将令人怀念的旧日时光浓缩在一张绿豆煎饼里，这样的画面充满了在地的温暖感。我们点了一张足够四个人吃的绿豆煎饼，售价仅为 4000 韩币，比其他地方的绿豆煎饼要便宜，亲民得很。

偶尔相遇的人情，让食物更美味

端着还未吃完的绿豆饼，我们继续往里面寻找熟悉的韩国味道。

广藏市场从北 2 门开始是一条长长的“美食街道”，在这里可以吃到各种各样的美味小吃，都是些大家再熟悉不过的辣炒年糕、鱼糕汤、韩式猪蹄、紫菜包饭、米肠等传统街边小吃。每个摊位都是由女主人在打理，大家热情地吆喝着客人坐下，不过因为我们想要四个人一起的位置，在这个饭点儿比较难找。而这位聋哑的老板娘则一脸笑容地在她的摊位前摆上了加座，示意我们过去并热情地指向她面前得意的那些小食。看见老板娘对自己手艺充满信心的笑容，即使只是浅浅的微笑，还是能感受到那身为职人的强大能量。我们坐下后点了韩式辣炒年糕，口感软糯嫩滑、味道香辣可口，越嚼越想嚼。炒米粉和鱼糕汤，也是街边小吃中的必点，冬日坐在有着电暖椅的街边吃着这些小吃似乎更有感觉，不知不觉中已经饱腹。结账后，老板娘还满脸笑容地跟我们挥手再见，今晚在这里我们似乎得到了很多热情的回应，感受到了超过预期的满满的人情。其实凭心而论，广藏市场并不是什么值得特别一逛的“景点”，这里的小吃大部分也能在首尔街头吃到，但正因为这种平凡的店家所组成的商店街，加上整体散发浓厚的在地生命力，才会如此吸引我们。在旅行中寻求一种生活的气氛不就是我们的初衷吗？

紫菜饭卷

芝士香肠

炒米粉

卤猪脚

鱼糕

旋风土豆

海鲜葱饼

烤鸡肉

炸土豆热狗

水煮赤贝

고모네
떡볶이
포장됩니다.
순대볶음
떡볶이
오뎅.튀김
닭꼬치
베이컨
어묵
소세지

Shilla Hotel

窝藏南山的私旅风景

庆幸这一次首尔之行安排了充裕的时光，不是行色匆忙的差旅，也不用被购物计划填满，以至于有时间在这里，如当地人那样享受一个普通的周末。挑选周末酒店时，更注重内心的休憩与静谧，选一处风景独好、设施完善的上品风格酒店。或窝居其中，或散步消遣，真正融入当地的景色和人群中，感受旅行带来的治愈与缓解。

在公园？不，酒店内探险！

三十年前以当时韩国总统的一句“在此建造代表韩国的酒店”为契机而诞生在南山脚下的新罗酒店，一直以来都是韩国“国宾馆”式的顶级酒店代表，韩国风情浓郁、装修奢华高雅，所以是从名流政客、国家政要到好莱坞艺人赴韩的首选地。这次首尔的最后一站选择栖息在此，虽然有些小奢侈，但是能够在历经一年休整重新开业的新罗酒店度过周末，也是给自己的一份休日礼物。入住首尔最浪漫的南山脚下，离女生们的“夜间战场”东大门仅十分钟路程，最重要的是，这里本身就是个艺术公园！在被称为“画廊酒店”的新罗酒店的美术馆内就展有诸多艺术作品，酒店内也有着奖忠八景的美景，所以一放下行李，我们便换上运动鞋，开始了酒店内的探险。

“我们四个单身女青年就别在这里多看了，也没个男人跟来！”
“等以后结婚了再带过来吧，哈哈！”
“现在还是去看看艺术之路那些雕塑好了。”

从酒店大堂的正门走出，便是迎宾馆，据说只要新婚夫妇们拜访此地，就能让自己的爱情和婚姻长长久久，美满一世，因此也引来了无数名流贵客在此喜结连理。不论是活跃在韩国上流阶层的社会精英，还是张东健、高小英，权相宇、孙泰英，刘在石、罗静恩等顶级韩国明星夫妇都在这里许下了最神圣的誓言。“我们四个单身女青年就别在这里多看了，也没个男人跟来！”“等以后结婚了再带过来吧，哈哈！”“现在还是去看看艺术之路那些雕塑好了。”虽然说着这些，但是我们还是绕着这座色彩华丽的古典韩式建筑走了一小圈，也经过了第二个景点——平复百结愁肠的解忧石，其实就是横跨新罗半山腰的酷似朝鲜时代的石阶。这些古典大气的石阶总共有 100 阶，加上迎宾馆前的 8 阶石阶正好构成 108 阶。108 阶

的石阶在佛教里象征着108个烦恼，传说沿着这些石阶一步步爬上来走完108阶，意味着所有烦恼都能够烟消云散了。刚才那些小女生的小酸味和小醋意，果然在踱步于这108阶石阶之上时已经完全消去。

一块隐匿在喧嚣闹市中的幽静之地跃入眼帘，绿色的草坪上分布着一片造型别致的雕塑群。它们都是酒店隶属的韩国第一大企业三星集团所收集的韩国顶级艺术作品，优雅地屹立在南山城郭内这一文化艺术空间中。我们一边沿着石阶往上，一边仔细欣赏这些雕塑，珍惜着与韩国现代美术近距离接触的时间，从浮华的都市生活中短暂抽离，享受一段与心灵畅所欲言的时光。

尽情享受酒店内的免费使用，才是入住奢华酒店的精髓

窝居在新罗酒店的周末很是舒服，不仅仅因为酒店外面那美丽怡人的花园景致，还有酒店内两处特别适合我们四人聚在一起的地点：提供一日四餐的顶层行政酒廊和改名“城市岛屿（Urban Island）”的温水泳池吧。因为付了不菲的房费，所以想要尽可能利用酒店的免费资源，而在新改建的新罗酒店内这两个超值的地点很好地满足了我们的需求。贵宾层休息空间的行政酒廊将原本分散在14层至20层的空间合并，统一转移至酒店最高层23

국립극장

THE LIBRARY
BAR&LOUNGE

层。更贴心的是这里也是韩国酒店中第一家提供一日四餐餐饮服务的行政酒廊，从健康早餐（06:30 ~ 10:00）、点心（11:30 ~ 14:00）、下午茶（15:00 ~ 17:00）到欢乐时光（18:00 ~ 22:00）。坐在这个“顶层公寓”里，和女伴们一起自由享用着酒店的美味小食和美酒，聊天累了便起身眺望首尔市景和南山景致。或者翻阅下书房空间内的那些时尚建筑藏书，这个整日营业的酒廊，让窝居酒店成了享受周末的过程。“卡芭纳、露天小餐馆 & 酒吧、异国情调的露天风格”入住时就对这些名词颇感兴趣。酒店用“城市岛屿（Urban Island）”代替“露天游泳池”这一普通名词，与只能游泳和晒日光浴的普通露天泳池不同，“城市岛屿”是首尔第一家一年四季运营的酒店温水池，所以即使是冬日前来的我们，也在这里好好感受了在恒温泳池里嬉戏的乐趣。泳池边是全新开设的露天餐厅“Island Bistro”、露天酒吧“Island Bar”，如果夏天过来一定能好好享受这种热带奢华度假村里才能有的“露天生活风格空间”。虽有遗憾，但这些超值的奢华体验，已经丰富了我们的首尔在地周末窝居计划了。

伴着爵士乐进行的英式下午茶

眼中远眺着南山美景，耳边听着现场爵士伴奏，口中轻酌一口英式伯爵红茶。在这个有着壁炉和欧式厚重家居演绎的安逸空间氛围内，我们尝到了英国皇家厨师精心搭配的下午茶组合，享受着在酒店图书馆的小奢华午后。我们四人点了两套四万六千元韩币的传统下午茶套餐、一壶英式伯爵和一壶有着香草香味的 sliver moon。从松软的松饼和三明治的细致口感开始，一层层向上直到我私人最爱的草莓塔，甜酸多汁，酥皮亦软硬适中。如果只有餐食甜品的美味、精致，那就不是图书馆了，在这里个酒店大堂内，要好好去品尝的，还有“美意识”。由世界级酒店设计师 Peter Remedios 亲自设计的图书馆呈现出典雅与摩登兼具的空间。圆形木柱从内侧环绕着书架，上面摆放着历史、文化、建筑等各领域书籍，放置在这个简约高雅的大堂内的是北欧家具沙发座椅和立柜，用餐的茶具有名家作品，也有欧洲空运过来的银器，视野停滞的各个点上摆设着中国、韩国古董，地上踩着的是中东风地毯，耳边流淌的是传统爵士和其他变奏版爵士交错的旋律。所谓的属于这个午后的极上美学，在食物上、空间上、器皿上和服务人员的招呼上，看见。

Shilla hotel

地址：首尔特别市中区奖忠洞 2 街 202
电话：02-22333131

Library

新罗酒店一层
下午茶时间 12：00~18：00

在留宿新罗酒店期间最喜欢也最多停留的角落，其实是床和窗台中间的那段“段差”。站在床边和窗口的那段“段差”上，或者直接坐在这段“段差”上，身体靠着玻璃，远眺这座城市或者俯瞰楼下那个几似太极图的园艺，看着远处的现代工业和眼前的古风韵味，冲突的色彩与美感。明明房间内有很多可以坐下的空间，却是极爱这段“段差”，透过玻璃窗洒入室内的光线亦让人着迷。

罗宴

韩定食的礼与格

住在传统高级氛围的酒店内，最想要与之搭配享用的餐品便是传统韩餐。虽然这一路吃过韩牛、烤肉、参鸡汤、土豆锅等一些韩食，不过正经八百的王族正餐——韩定食，这次却没有试过。因为想要尝试窝居酒店的感觉，所以打算到酒店内新开的韩餐厅去体会下高品格的小奢华，考虑到性价比，中午去吃最为划算了。

温馨细腻的传统味道

韩定食是最接近王室和贵族晚餐的料理。米饭同样是韩定食最主要的料理，不过盘馔小菜却与家常套餐不同：在米饭上桌之前首先会呈上各种前菜和韩国的地方特产菜肴。之前在历经19代的，由传统韩屋改建的餐厅必敬斋中吃过一次完整重现宫中料理的韩定食晚餐，一跨进保留了贵族房屋的餐厅门槛，便仿佛来到了另一个时代，脚步也自然而然变得优雅。在那里品尝到的未经现代化改良的正宗韩定食令人印象深刻，所以对这次酒店内的韩定食体验

也异常期待。

正午时分来到酒店二十三层的罗宴，这里已经入座一半，可能因为是周末的缘故，多是家庭聚餐的形式，父母带着小孩，或者一家老小围坐一桌，让我们这些外来游客也感觉到温馨。这里的午餐菜单也是以汉字命名的，“礼”、“合”颇有深意，和入门时看见的“具备礼与格的顶级韩式正餐”的概念倒是呼应。我们选了十六万韩币一人的店名招牌“罗宴”套餐，从第一道迎客小食配的云母贝汤匙就感受到了这餐的细腻简洁风格。既可以动手又可以动口的韩式包饼，让我联想到中国的春卷，只是将所有配菜围在盘边，颜色也甚是好看。四个人纷纷动筷，卷着自己喜欢的配菜，甚是有趣。当传统的神仙炉被端上来时，Hiro 不禁小声嘀咕，“这不是北京涮锅吗？”只不过主食从老北京涮羊肉换成了各种海鲜、牛肉底料，汤头也清淡了不少。期待中的 bingbingbang，韩式拌饭，终于作为主食上来，依次将眼前这些大碟小碟配合着大酱、辣酱倒入盘中，用力搅拌，吃饭的过程都充满乐趣。感觉饱腹时，甜品已换到眼前。“绵绵冰？”Ikwa 很是兴奋，“啊！好特别的味道！”“是人参味道！不过好香而且完全不甜腻。”这道人参绵绵冰赢得了女生一致好评，将盘底清得空空便是最好的肯定了。在确定我们都用餐完毕后，服务生送上了餐后韩茶，虽然是冬天，不过韩国人还是坚持喝冻五味子茶。冰冰酸酸的口味，配合新鲜草莓的甜味，很好的饭后解腻之选。看着窗外午后的南山塔，感叹与美食追溯的年代成正比的美景。

地址：首尔特别市中区奖忠洞 2 街 202 新罗酒店 23 层
电话：02-22303367

Shilla 免税店

离开前的最后补货

女生们的旅行总是和购物交织在一起，尽管这次我们都很努力地克制自己的购物欲，不过在酒店内发呆的时却突然想起，其实韩国最大的市内免税店之一新罗免税店就在隔壁。

“啊呀，差点忘记了，我答应了妈妈给她买一套雪花秀带回去！”“我也要给同事带些手信，你们觉得买什么回去好呢？我在机场收到了一些免税店的抵用券，不知道能不能用？”“现在好像是首尔的折扣季呀，不知道我看中的那款巴黎世家这边卖多少钱。”“免税店楼上的咖啡厅好像风景很不错哦，你们购物的话我想上去坐坐呢。”“这么近的话，我可以不化妆出去吧……”“化 !!! 不能那么邋遢的！”三人异口同声地阻止了 Ikwa 的偷懒，约定二十分钟后开始我们最后的血拼。

默契旋律的幸福指数

“四杯美式咖啡！”提着战利品，推开顶层 Artisee Café 的店门，我和店员说道。“再加块奶油威风蛋糕和手做饼干，谢谢！”Hiro 不知何时已经在甜品柜台前看了一圈，补充着。找了靠窗的位置坐下，想起奖忠八景之一苍天飞云指的就是这个新罗免税店的屋顶，这里是可以一览环绕首尔的南山、北岳山、仁王山和骆山的绝佳展望点。苍穹无尽，站在这里可以饱览环山美景，难怪 Bobo 坚持走回酒店前要在这里喝杯咖啡休息。正当我们驻足远眺时，突然一个熟识的声线及旋律传入耳中，“啊！是白智英！”心里马上出现了这样的惊呼。白智英是我非常喜欢的韩国抒情女歌手，在生活或旅行路上一定有她的歌陪我同行，没想到在这个初次造访的咖啡店里居然也听到她的歌。原先还对这个初次见面的店家感到陌生，这一下心情完全被白智英的歌给抚平了，取而代之的是一种充满默契的认同感。

店内持续小声播放着音乐，期间也有几位貌似刚购物完的客人陆续推门进来，大家各自安安静静坐在属于自己的角落，一起共享一片屋顶美景。Ikwa 为相机换了新的内存卡，Hiro 安静地研究着面膜说明，Bobo 则写起了明信片。我站起身再看看这个顶层咖啡厅和周遭的景色，清新的空气配上一次完美的购物经验，嗯，最后的血拼，收获颇丰！

我们在这里用了四杯热美式和一份手做饼干，补足了能量，振作好再次上路的精神，心里默默感谢和我频率相同的老板或店员播放了好听的音乐，也满意因为 Bobo 的坚持而一定来到这里的决定。

地址：首尔特别市中区东湖路 249
电话：82-226396000
营业时间：09：30~21：00

南山塔

鸟瞰首尔

比起真正的当地居民，旅人的优势就是拥有自由的时间。比如说，我们就可以在星期一这种上班日的一大早，跑去风景名胜享受几近无人的山林美景。回程前的一早从酒店出发，乘坐观光巴士上山，和车站行色匆忙的学生擦身，他们要去学校上课，而我们则正要去玩！

值得一来再来的理由

巴士一路往山里开，景色也从城市住宅变得越来越有绿意。最后到达终点站南山时，车上仅剩的几位乘客都是特地来此观光或爬山的。一出站发现四周十分安静，毕竟是星期一早晨的风景区，很难有什么人潮吧，我们十分满意选择在离开首尔的这天早晨来到这里，因为订的是晚班机，所以我们有整整一个白天可以在这个首尔最浪漫的地方消磨时光。

游览南山公园的方法有很多种，可以在地铁 4 号线忠武路站 4 号出口换乘循环公交车在八角亭站下车，也可以在 4 号线明洞站下车后稍微往上走一点利用电梯和缆车上山。记得第一次上南山时，坐的就是南山轻轨电梯，四面全是玻璃窗，从南山三号隧道入口到缆车搭乘处约 70 米区间运行。之后换成南山缆车，沿途一路欣赏周围的美丽景观，大约搭乘三分钟即可在离地面 138 公尺的缆车内将首尔尽收眼底。这个玻璃缆车也是韩剧《花样男子》中道明寺和杉菜的约会工具，所以是大部分游客和韩剧迷热衷的登山方式。

不过因为这次我们的酒店就在南山脚下，在旅程的最后一天也想遵循不走观光客路线的宗旨，所以选择了大部分首尔市民的登山路线，在酒店门口乘坐南山循环巴士上山。我们在

巴士里一边看着窗外风景，一边也想象着巴士司机的上班形态，就是这样一直不停地迎来送往，迎接着客人来此游玩，又目送他们离开么？想想似乎是有点单调的工作内容，但在这空气清新且有自然美景的环境里工作，至少可以保持心情愉快吧？

下车后，沿着南山的登山路一路向上，立即融进了在地风景里。车站外有成群的自行车、卖小吃的杂货店、也有再寻常不过的自动贩卖机。一路看到一身运动装束登山的婆婆们，穿着统一制服的男校生们，当然还有携手一起散步的情侣们，抬头便是标志性的N首尔塔。虽然来过这里好多次了，但可能因为每一次前来都会选择不一样的路径，所以都会有不一样的感觉。今天的N首尔塔在冬日的空气和干枯的树枝间有一种坚韧的美感。忽然意识到，在异国最棒的事就是——无论走哪一条路，都是新尝试。

不一会儿就走到了高塔外面的木制甲板观光区域，屋顶露台、环形玻璃露台、纪念品商店、咖啡厅、餐厅，都是不用买观景台门票就可以进入的地方，而我最爱的则是这里被各种爱情锁填满的感觉。站在这些锁匙之中，将南山和首尔的景色尽收眼底，心情也被这些代表着爱情的美好愿望填满，这也是我每一次来首尔都会过来这边安静地待一个黄昏的原因吧。

每个色彩缤纷的爱情锁中都寄托着恋人们最真挚的期待，不知道这些锁匙的主人们现在是否依旧甜蜜，但是一同锁下锁匙的当下应该都是真心的吧。“我们要走到最后，要结婚，要过日子，要相濡以沫，要携手终生。”看着这些美丽的愿望，想象着爱情美好的模样。我们都曾锁下自己一段青春，用来奋不顾身地朝着一个目标狂奔，那勇敢的模样，任何时候想起来都觉得漂亮，就好像这里的每一把精美的锁匙般，历经风雨冬夏，却依然能给人希望与勇气。人生，总是因为充满期待，才会充满动力。

看得见风景的餐桌

沿着南山塔的爱情椅、锁墙、爱情树一路停停走走，拍照留影，经过礼品商店的进去选一两件独创纪念品，再在南山塔内找一间可以俯瞰整个南山的餐厅入座，无疑是一段怀着美好情绪消费的路径。一上午的山路行走已经让我们饥肠辘辘，南山塔二层就有几个不错的餐厅选择：传统韩食Hancook、号称贩卖首尔最好吃汉堡的The Best Burger、意大利餐厅The Place Dining和随着《来自星星的你》的热播而变得需要提前三个月订位才能吃上的法餐厅N-Grill，我们选择了环境氛围甚好且无须等位的The Place Dining作为我们这次首尔之旅的最后餐厅。环绕窗口吧台式的座位正对被爱情锁挂满的观望台，往下看便是整个南山全景，回头是整洁的开放式厨房，这样的环境真是浪漫到不行的理想约会地。人均一百多人民币的午餐套餐，意大利家庭式的手做餐品，就着如此美景，亦是性价比极高之选。

地址：首尔特别市龙山区龙山洞2街山1-3
电话：02-34559220
网址：http://www.nseoultower.co.kr

“这里真的很美，以前来首尔都觉得南山太过观光客，从来没上来过呢。
这次上来走走太值得了。”
“我倒是和你相反，每次来首尔只要有时间就会来南山上坐坐，有时白天有时晚上，
不一样的感觉。晚上的南山也特别美，看着整座首尔城的灯火，心情特别放松，
而且会有种特别的期待感。”
“是期待爱情吧？! 看着这么多爱情锁，该多期待能有人一起锁在这里啊。
要不我们也去锁一把？?”
“一个人锁在这？! 孤独终老吗！才不要 !! 吃好午餐后我们去泰迪熊博物馆看看吧？”
“我第一次来南山，想去周围走走再坐缆车下山，要不我们直接酒店碰头吧？”
“好呀，分头分队行动，不要误了酒店的机场巴士时间。玩得愉快，女孩们！”

独立个体又是默契团体，
四个女生的旅行，充满了不同的遇见与惊喜，
并且，还在继续……

Ferguson

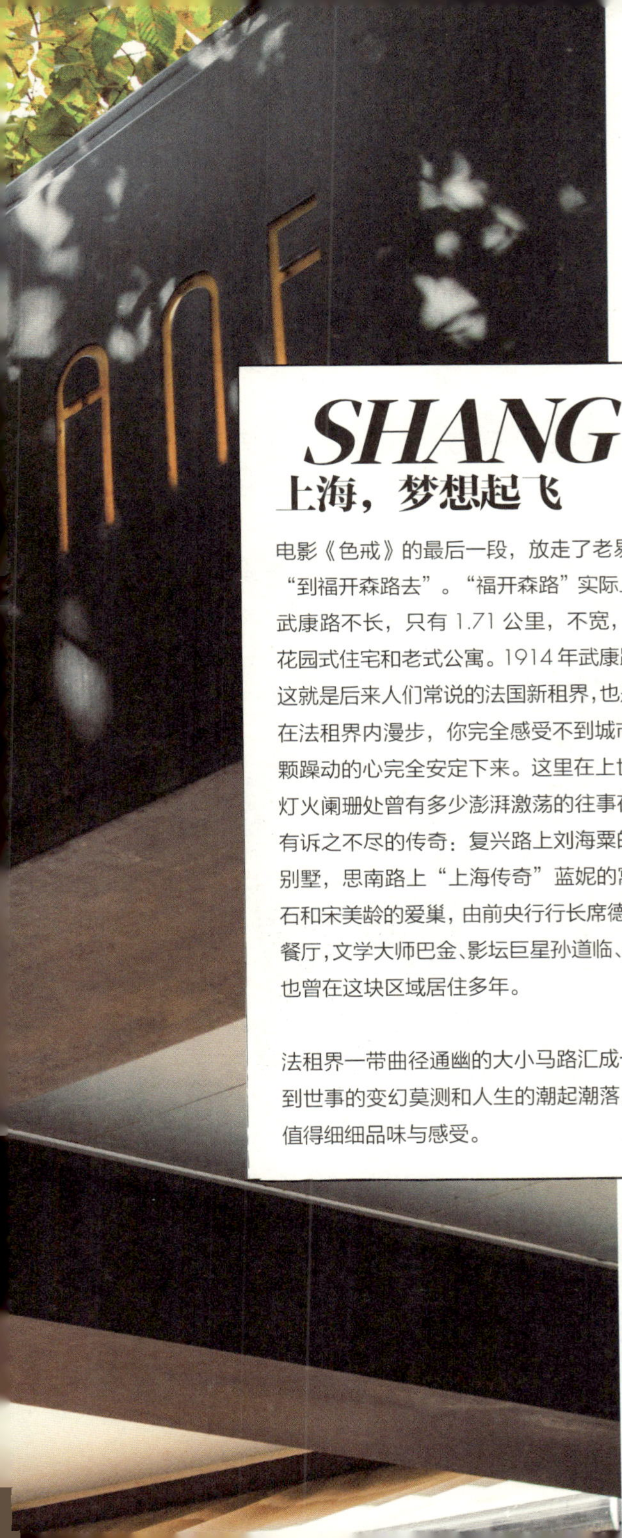

SHANG HAI

上海，梦想起飞

电影《色戒》的最后一段，放走了老易的佳芝叫了辆黄包车，对车夫说“到福开森路去”。“福开森路”实际上就是现在上海徐汇区的武康路。武康路不长，只有1.71公里，不宽，幽静，遍植法国梧桐，两边都是花园式住宅和老式公寓。1914年武康路所在的西区正式被划入法租界，这就是后来人们常说的法国新租界，也是我心中最适合散步的上海区域。在法租界内漫步，你完全感受不到城市车水马龙的喧嚣，片刻间能让一颗躁动的心完全安定下来。这里在上世纪初曾是上海最高级的住宅区，灯火阑珊处曾有多少澎湃激荡的往事在暗中涌动，每座小洋楼的背后都有诉之不尽的传奇：复兴路上刘海粟的故居，坐落在岳阳路上的宋子文别墅，思南路上“上海传奇”蓝妮的寓所，改建为“萨莎酒吧”的蒋介石和宋美龄的爱巢，由前央行行长席德懿的府邸改建而成的“席家花园”餐厅，文学大师巴金、影坛巨星孙道临、朱丹、钢铁大王朱恒清等商界巨擘，也曾在这块区域居住多年。

法租界一带曲径通幽的大小马路汇成一条又一条记忆的河流，让人感受到世事的变幻莫测和人生的潮起潮落。这里的上海，有着特别的味道，值得细细品味与感受。

XL girls 的时髦休日守则 NO.14

身处闹市，也要坚持“慢活”

钢筋水泥的城市最容易产生永远只知道与时间赛跑的利益机器人，不懂得放松，来不及享受生活，不懂得一草一木皆是美的。公司与家两点一线的“白骨精”失去的不只是值得享受的丰富生活，更失去了一颗被生活中那些慵懒细节所感动的心灵。

一杯冰滴咖啡、一本与工作无关的闲书、偶然邂逅的店主、两三个闺密，在结束紧张工作之后，更需要拥有一份属于自己的“慢时间”，活得从容而精致，看着眼底的风景，听着别人的故事，想着自己的心事。

这一段旅行，让我收获许多遇见与悸动。不过我们终归还是要回到这座再熟悉不过的城市，继续我们的日常。旅行对所有都会人而言只是短暂的脱离，不过旅途中的收获却可以在回归后延续。

且停且行，放缓脚步是为了更好地出发。

Farine

源自法国的面团艺术

走在武康路上，仿佛走进了悠长的时光隧道：花瓶型的阳台、红色的木质百叶窗、宽敞的露台、大斜坡的屋顶……细节里无不流露出地中海式、意大利式、法式或英式建筑的风格特点，却并不刻意彰显那份气度，显得低调又从容。

武康庭，打动我们的除了老弄堂里藏匿着的传统的欧陆美味和精致的西式烘焙，还有，在各种交谈的空气中始终弥漫着的一股假日的闲散气息。

我坐在 Farine 的露天座位上，看着仿佛不属于这个繁华城市的来往路人，各自踏着他们轻松的步伐经过。我想象着从今天开始我也可以加入其中，在人生中找到一个间隔年，摆脱工作的束缚，经历自己的时间。

隐身在法租界梧桐下武康庭入口处的这家 Farine，让人有穿越万里至巴黎街头的感觉。与其将它定义为甜点店，我更愿意叫它面包房。不大的店面，店里只有 6 个高脚椅，店外也只有一把遮阳伞和两张桌子。店里除了两个打工的中国女生会用中文接待客人，其余的面点师都是老外，所有的商品也只有法文名。老板 Franck 是我很佩服的一个法国人，从第一间法餐厅，到比萨店，到现在的面包店，事事亲力亲为，忠于原味。这家店亦是上海少有的法式面包店，秉承精致的手工制艺，采用进口面粉发酵，从配料、揉捏、烘焙到出炉，通过一根原味法棍，能完全体验到什么叫“面团的艺术”。Neri & Hu 设计的店面虽简约朴素却能画龙点睛，如同橱窗内那一款款外形毫不起眼的面包，在口中却有惊艳的感觉。

心目中的面包就应该是这样的肌理组织

我理想中的法棍应该是表皮酥脆，只有水、盐、面粉和酵母这些朴素的材料，没有乳粉和油的花哨；内在组织多孔而又丰盈，有嚼劲，细细咀嚼，能感受到来自谷物本身最原始的芳香。听说一只法棍斜切必须要有 7 道裂口才标准，于是我仔细打量起手中这条店员刚切好的原味法棍切面上那大大小小的迷人大孔。天然酵母的香味扑鼻而来，一口下去，果然外脆里韧，面香馥郁，小麦独有的谷物味越嚼越香。打包带走，思忖着早餐用它配黄油蒜泥，或是做成三明治都是不错的选择。

趁着阳光独好，端着现磨咖啡和最爱的香蕉巧克力蛋糕坐到室外，回想着自己旅行以来的点点滴滴，沉淀着工作这几年的收获和失去。浓郁的咖啡香伴着蛋糕的绵绸口感，法式甜点带来的幸福满足感总能在瞬间将人笼罩。

剪一缕周末阳光，享一段庭院时光

地址：武康路 375 号靠近泰安路
电话：（02）542-8006
营业时间：11:00~20:00
网址：www.boontheshop.com

XL girls 的时髦休日守则 NO.15

有梦，更要行动起来追梦

这两年和周围女伴们谈及未来和理想，经常听到的不再是“我一定要……”、“我也要……”，而是“我要是……的话，就好了。”多少曾经的梦想已经成为空想，因为安于现实，因为已经失去了想要去实现梦想的勇气，当年憧憬着梦想的行进曲，却成了如今无奈的咏叹调。做勇敢一点的女生吧，知道自己梦想的是什么，也知道如何去追求那些更好、更棒、更有趣的事物，但绝不露于言表。敢于放弃安逸，即使有风险，也有勇气走自己想走的路。因为属于自己的人生只有一次，不要让青春留下任何遗憾。

Pistacchio

坐在武康路口做着百老汇的梦

“Pistacchio”为意大利语的“开心果”，我猜想这家餐厅的主人一定希望将其打造成一个与好友、知己分享意大利美食的舒适、惬意之地。透过四周的落地玻璃窗，欣赏眼前武康庭人流往来的迷人街景，放慢都市的脚步开始享受生活，幸福从味蕾直达内心。而我亦感谢在我决定开启一个梦想的时候，能够走进这家餐厅，遇见这样一位同样为梦想而勇敢的女主人。

废弃老酒店大堂改建成的歌剧院式餐厅

如果不是食客闺密的力荐外加拖行，我绝不会在刚结束了每年一整月的意大利差旅，被意大利餐填得只想吃火锅时，赴约来到这家以北意和南法为主打菜系的西餐厅。不过在透过整面大落地窗瞥见内里宽敞高耸的空间设计，特别是那个直对门口，充满着歌剧院风格的舞台后，我情不自禁地推门而入。

就在我被穿着西装三件套的帅气侍者带入座后，一个说着浓重台湾国语的女生递来菜单："我们餐厅的住处从小在法国长大，所以没有意大利餐中常见的 pizza（比萨饼）之类的。推荐你们试试这里的特色菠菜水煮蛋沙拉和手工意面。当然，女生的话，招牌的冰激凌配 souffle（蛋奶酥）也是不错的餐后甜品。"经友人介绍后，得知原来她就是这里的老板，比我想象中更加年轻。按照她的推荐，我们点了两人份的餐品，利用等餐时间，开始了聊天。

最开始吸引我进走进餐厅的，正是这个充满了剧院风格的错层。整个挑高的顶部设计灵感取自上世纪 20 年代的纽约百老汇风格，其实它是一个拥有 12 个餐位的"厨师之桌 (Chef's Table)"，客人可一边享用美食一边饱览开放式厨房内正在上演的剧情。

谁能想到眼前这个休闲打扮，有着甜美笑容的台湾女生 Bonnie，一年半前还在美国的金融机构内负责着企业合并。也许是和这个餐厅的缘分，也许是和这座城市的缘分，现在的她辞去了高薪工作，全心投入在这家餐厅的运营上，每天期待着遇见更多的朋友和新的生活。

和所有传统意大利餐厅一样，Pistacchio 也酿着甜美可口的柠檬酒用来在餐后款待客人。值得一提的是，这里拥有浦西唯一的意大利奶酪房，精选的奶酪收藏在上海也是难得寻觅的。

也许是同龄女生的关系，一杯果香四溢的 Aperol Spritz（阿佩罗开胃酒）便可让我们打开话题。原来一年半前 Bonnie 还是个经常奔波在纽约、新加坡和香港之间的金融女，第一份工作开始就负责分析和并购公司。"一直很想有一间属于自己的公司，不用很大，但是却可以让我尽情投入热情。"女人说起自己的梦想，总是眼中会闪现出异样的光芒，"一开始到上海接触这家餐厅，其实是替朋友联络设计团队的，但是渐渐地喜欢上了这个城市，也正好有机会接管这家餐厅。于是，我辞掉了金融工作，也把家从纽约搬来了上海，开始了新的生活，每天有空就会来店里帮忙，认识些新的朋友，招呼大家一些家酿的柠檬酒，在外面窗台种上一些新鲜的花草。希望这里是一个可以让所有朋友招呼好友、家人一起来分享美食和生活的聚点。"

在通过和 Bonnie 的聊天后，对餐品更加期待了。前菜中的小菠菜配炸水煮蛋和圣丹尼尔火腿，是一道意式风情之作。点睛之笔在于意大利特色圣丹尼尔火腿，只选用猪腿和盐两种简单食材，再靠时间与空气慢慢陈酿，赋予火腿独特的香气与口感。自制意式水饺一向是我的意餐最爱，这是第一次在国内吃到南瓜馅的意大利水饺，南瓜的清香伴随着芝士的浓郁，在口中弥漫，很是令人留恋的味道。

“我和这家餐厅的缘分，来自于一个梦想。
而我为此开始的，则是一个新的人生。”

谁能想到眼前这个打扮休闲，笑容甜美的台湾女生 Bonnie，一年半前还在美国的金融机构内负责着企业合并。也许是和这个餐厅的缘分，也许是和这座城市的缘分，现在的她辞去了高薪工作，全心投入在这家餐厅的运营上，每天期待着遇见更多的朋友和新的生活。

地址：徐汇区武康路 378 号 1 楼（近泰安路）
电话：021-54109852
营业时间：周一至周日，11:00 至深夜

UTAU

梦想，是用来孵化的

法租界一直是我们四人的据点，慢慢地，也和这里的商户主人们熟络起来，发现汇聚在此的每一家店背后都有一个怀揣梦想的女主人，也许这种熟悉的感觉，来源于彼此对坚持梦想的共鸣。于是，这一隅的上海便成了我们梦想起飞的地方，属于我们的遇见也从这里开始。

重回捕手的时光

和 Ikwa 一起走到这家店门口时，她就兴奋地绕店踱步、转悠起来，“这里有我最喜欢的摄影师的影集！”然后便欣喜地埋头在一堆影集中。整面墙，摆满了来自世界各地的摄影师的影集，和这些有年代感的胶片相机一起，静静等待着有心人的到来。这里的一件商品，也可能是一件作品；一场活动，也可能成为一次感动。仿佛推开这扇玻璃门，自己已经成为艺术的一分子。

“这些相机和影集都是我从世界各地搜集回来的宝贝，希望能够和与我有一样兴趣的人一同分享，而现在则由我们代为保管。”一个有着恬淡笑容的女生递来一杯咖啡给我，“试试看我们的橙香玛奇朵吧，这是我的最爱。”

还没来得及问开这家店的原因，Nana 就已经开始介绍起来，这种骄傲，令人羡慕。“这是个由服装、影像和咖啡组成的艺术空间，因为这三样，是我生命中不可缺少的部分。”在她的带领下，我仔细地打量起店里那一件件独特的装饰，带着铁锈的木马、布满划痕的木椅、铁皮置物箱被放在角落成为另一张茶几……当然，最吸引眼球的，依旧是一进门就看见的一整面影集墙，而此时我的这位拍档——职业时尚摄影师 Ikwa 正踮起脚尖，努力够着最上面的一本 Steve McCurry 的影集。“你也喜欢他吗？我拿给你。”Nana 取来椅子，拿给 Ikwa 这本影集，“他也是我最喜欢的摄影师，我大部分时间喜欢看这些人文和战地的摄影集。”我很想用相机记录下这个瞬间，看到一个梦想经过传递，接续着两个有着共同爱好的生命体。

生活是体验的过程，艺术是经过洗练后的生活片段

在聊天中得知，前一天这里刚刚做了一个香港摄影师的小型摄影展。小伙伴们聚集在这里，谈论艺术，长话生活，原来，这里本身就是艺术的落脚地。

“我很小的时候看到第一台莱卡相机，觉得太美了。于是，我开始拜师学习摄影，从上第一卷胶卷开始，渐渐地认识了很多喜欢摄影的朋友。我希望这里成为摄影爱好者的聚集地，定期办一些以胶片为主的摄影展。”

“为什么喜欢胶片？”作为一个整日与数码相机为伍的职业摄影师，Ikwa 忍不住提问。

“我也试过用数码相机拍照，但之后大部分照片都存入了电脑，不会再看了。可是胶片不同，拍后大概需要一个月等待冲洗的时间，打开时会发现很多惊喜。我喜欢等待一个东西慢慢成长的过程，所以享受等待胶片冲洗的过程。”

“所以，你也喜欢冰滴咖啡？”我注意到吧台上这个少见的装置。“现在还在试着售卖，因为制作一杯冰滴咖啡需要从前一天晚上就开始准备，经过八九个小时的研制过程，才能喝到。”用冰滴咖啡的萃取方式慢慢体验生活，这正是我们所向往的，一种卡尔维诺称之为“轻逸”的生活美学。

与咖啡有关，与艺术有染

我喜欢与兴趣广泛的人聊天，这个过程令我也觉得丰润起来。眼前这个女生即是这样一位让我忍不住想要多问的人。也许是她有太多的爱好和经历，让我直到最后才记起她的本职是一名服装设计师——一个原来读着行政专业，却因为一次旅行来到上海，发现这里有她爱的专业，于是打了通电话给家里，开启了另一段人生旅程的服装设计师。她开过工作室，替别人做过衣服，打理过网店，最后选择用这样一间小店承载自己的设计梦想。这个世界也许只有两样东西会让女人疯狂，衣服和爱情。无意瞥见一款，便爱不释手了，无心插柳。有时候就是这样，你众里寻他千百度，得来却全不费功夫。这便是一见钟情式的爱情了，也是今天我和 Ikwa 与这家 UTAU 的爱情，唯独用文字和摄影能记录当下的那份深情和感动。

喜欢等待一个东西慢慢成长的过程，所以享受慢慢冲洗胶片的过程。

——NANA

地址 上海市徐汇区泰安路 36-2 号（近兴国路）
电话：13162081695
营业时间：周一至周日，10:00 至深夜

OOAK Concept Boutique

亲爱的，我在这找到了不会撞款的首饰！

有一些失去，会让一些得到变得珍贵。
比如失去了在英国街头淘店的乐趣，却得到了一个自己的、独一无二的买手店。

"OOAK 意取 One of A Kind（独一无二），旨在推广 Costume Jewellery（人造珠宝饰物）的概念。"

多年时装编辑的职业习惯，让我总会留意一些欧洲新锐设计师品牌，而这家 OOAK 无疑是我这一年中逛得最多的配饰店。不仅仅因为投缘的老板娘，还因为这里实在囤了太多我喜欢的设计师作品，比如在英国出道的意大利女设计师 MFP 和 Sophie Hulme。

和老板娘 Alice 约在店内三层的 the Gallery（艺术长廊），这层的存在就是供来店的客人在购物之余驻足小憩，喝上一杯店员精心调制的咖啡。这样贴心的设计，为喜欢踩着高跟鞋购物的女生（好像我这类）提供了一个很好的缓冲，以便调整后再战。

"在英国读书的时候，很喜欢逛街边那些独立设计师小店，可是回国之后就体会不到淘小店的乐趣了。"Alice 说起自己开这家的缘由，似乎说出了很多人的遗憾。于是，她联络了在伦敦求学时喜欢的那些独立设计师们，搜罗了一些特别的首饰和品牌，在太原路租下这座三层洋房，开了沪上第一家主打欧美独立设计师品牌的饰物买手店。

一层的首饰区总是会花去我大部分时间。一边听着店员热情详细地介绍这些充满诱惑力的小家伙们和设计师的故事，一边试戴自己中意的款式，挑选一份属于自己的独一无二，好似在自家的首饰盒前，忘记了时间。清新却富有生命力的 Alex Monroe，用雕刻的金属感留住自然花鸟的生动，极其复杂的精致透露出浓厚的英国自然韵味。上东区名媛 Olivia Palermo 中意的珠宝品牌 LeiVanKash，设计灵感源于设计师的波斯血统和对 20 世纪 70 年代华丽摇滚的时尚热爱，其中一款玫瑰花戒指更是以 Olivia Palermo 命名。以建筑感和完美质感处理见长的 M/G，对珍珠这种退流行的传统珠宝材料的创新运用和细腻把控，令每一件 Fine Jewellery 都兼具时尚感和收藏价值。而私人最爱的意大利设计师 Maria Francesca Pepe 的系列有着鲜明的先锋英伦的设计风格，制作上则承袭了意式匠人的精细做工，一有新货我便会速速来此入货。

上到二层，除了那些国内鲜少看到的设计师服装外，目前在欧美娱乐圈大红的包袋设计师 Mawi Keivom 和 Sophie Hulme 的经典款手包也都被收罗其间。"每年我都会去欧洲订购两三次首饰，旅行箱里总会带着一两款造型独特的首饰和一款手包，这样即使遇上派对，也能够从容应对。"原来，这家店就是 Alice 自己的美丽出行秘密。

独立设计精神贯穿整个三层空间， 小小的店面被各种独立设计师的系列作品装满，就像一个巨大的私人首饰盒。

地址：上海市徐汇区太原路 124 号（近永嘉路）
电话：021-54248929
网址：www.theooak.com

10 Corso Como

只喜欢逛复合概念的潮店

从 Carla Sozzani 这位欧美最具影响力的零售商把中国首家多品牌精品店 10 Corso Como 的地址选在了静安寺开始，这里便成了我们在沪的另一个新聚会地点。聊天时约在一层喝咖啡，下班后到五层酒吧喝一杯，换季的时候去一楼选一个新的家居香氛，无聊的时候也会在书店翻阅一些设计书打发时间。

来这里的人有一些共同特征，大部分是时装迷，或者时尚、设计领域的从业者，热衷于挖掘好玩个性的新货，喜欢时髦且有艺术感的视觉，还有就是对意大利时尚品味的绝对认同。所以每次来到这里总会有种找寻同类的感觉，忍不住打量起身边顾客的穿着和配饰，揣测对方的职业背景。时不时会遇见熟人，成了在这里的另一种体验。这个周末在这购物的三个多小时内我和 Ikwa、Bobo 就和两个时装编辑、一个公关还有一个摄影师点头问好，当然转身之后三人免不了窃窃私语，更新一下有关他们的八卦和新闻。能够让女人兴奋的除了新鲜的商品，还有就是新鲜的八卦。

如同翻阅最新时尚杂志的购物经历

虽然没有米兰总店花园餐厅的静谧氛围，不过在寸土寸金的静安寺能找到这样一块可以静下心来感受时尚艺术的聚集地已实属不易。Carla 的那位概念艺术家老公 Kris Ruhs 亲自设计的室内装修延续了米兰的点点风潮，在过去的二十多年中，10 Corso Como 这个俏皮活泼、黑白相间的标志已经发展成为独树一帜的全球知名品牌。而 10 Corso Como 的产品涵盖当今生活的各个领域，包括时尚、生活方式、设计、书籍、音乐及美食在内的产品组成了 10 Corso Como 的独特标识。作为全球知名的买手店，买手的眼光是决定货品和销量的关键，从初开业的香港买手团队，到后期韩国、意大利买手的加入，二三层男女装的风格也经历了从略港味的街头风到欧式经典的蜕变。从 Carven 的印花裙、Stella McCartney 的西装大衣、Maison Martin Margiela 的新包、Super 的经典墨镜到各种欧洲独立设计师的首饰，在这里慢慢购物的同时也像在翻阅一本最新的时尚杂志。

喜欢各种夸张服饰的 Ikwa 在这里试了一件件 Push Button 的拼色皮草，而我也对那条常出现在韩剧中的格子长裙非常着迷。Bobo 在一层香氛区闻了一个下午的蜡烛，从 Dipdue 新到的玫瑰味到 Fornasetti 的杯子限量款，到最后不得不靠闻咖啡豆来抢救被香氛麻痹的嗅觉。我则在 Alessi 的玫红大衣和 Stella McCartney 的格纹大衣间纠结着，虽然女伴一直觉得这两件大衣的颜色都过于艳丽。

结束购物后，去五层酒吧喝一杯是我们的惯例，穿过艺廊的时候可以顺便看下最新的展览。这也是复合式概念店才能带来的购物经历，书店、服装店、餐厅、酒吧、画廊，把大半天消耗在一个商场里面享受，这种理想的购物方式因为 10 Corso Como 的开业得以在上海实现。

地址：上海市南京西路 1717 号会德丰国际广场北院 一到三楼
电话：021 – 62861072
营业时间：10:00 ~ 22:00

XL girls 的时髦休日守则 NO.16

为了美丽的旅程，穿得美美的出发吧！

旅行的意义之于每个人都不相同。

去未知的目的地，看瑰丽的风景，我们爱上了每次旅行出行前和回来后的那种快乐。每一次旅行后，我们看世界的眼光都会变得不同；每一段旅途中邂逅的人们，总会用她们的故事和生活态度带给我们思索。无论走到哪里都能找到时尚潮店和个性餐厅的 Miki，只要不断甜品补给就能拍出美美照片的 Ikwa，包中仿佛放进了整个世界的 Bobo，属于 XL girls 的旅行，除了那份期待和兴奋的心情，还需要带上时髦的衣服和优雅舒适的高跟鞋，无论我们去到哪里都会因为个性时尚的着装而自信满满，沿途留影时也不会像游客般局促。如果你也期盼着这样的旅程，请马上加入我们！

"穿上美丽的鞋子，去美美的地方，遇到美好的人。"

在旅行的途中，找到内心的幸福感，做自己的女神！

Thank For

感谢这段旅途中给予我们帮助的诸位，喜欢画插画的 Hiro 和我们一起去了首尔，遇见了韩国陈先生 Jean、时髦博主 Yuri、梨泰园 DJ 之神 Jay、爱舞动的王海笑、努力学着中文的 Anica。在浪漫花都巴黎陪着圣日耳曼走三圈的珠宝设计师 Century、爱好摄影的钢琴家张韵和摄影师杨爸爸都在书中留下了佳作。还有从一开始就给予我们无限鼓励和支持的上海小伙伴们，陪我哭过笑过的超级买手 Alice、热衷韩国帅哥的 Naomi、韩国艺人大统领 Helen 等等，还有始终没有放弃过，一直站在一起的“我们”。